19ª edição - Setembro de 2024

Coordenação editorial
Ronaldo A. Sperdutti

Projeto gráfico e editoração
Juliana Mollinari

Capa
Juliana Mollinari

Imagens da capa
Shutterstock

Assistente editorial
Ana Maria Rael Gambarini

Revisão
Alessandra Miranda de Sá
Ana Maria Rael Gambarini

Impressão
Lis gráfica

© 2022-2024 by Boa Nova Editora.

Av. Porto Ferreira, 1031 | Parque Iracema
CEP 15809-020 | Catanduva-SP
17 3531.4444

www.**petit**.com.br | petit@petit.com.br
www.**boanova**.net | boanova@boanova.net

Dados Internacionais de Catalogação na Publicação (CIP)
(Câmara Brasileira do Livro, SP, Brasil)

```
Carlos, Antônio (Espírito)
    Morri! e agora? / ditado pelo espírito Antônio
Carlos e diversos espíritos ; [psicografado] por Vera
Lúcia Marinzeck de Carvalho. -- 17. ed. -- Catanduva,
SP : Petit Editora, 2022.

    ISBN 978-65-5806-038-3

    1. Espiritismo 2. Mensagens 3. Obras psicografadas
I. Carvalho, Vera Lúcia Marinzeck de. II. Título.
```

22-136598   CDD-133.93

Índices para catálogo sistemático:

1. Mensagens psicografadas : Espiritismo   133.93

Inajara Pires de Souza - Bibliotecária - CRB PR-001652/O

Impresso no Brasil – Printed in Brazil
19-09-24-3.000-83.300

Prezado(a) leitor(a),

Caso encontre neste livro alguma parte que acredita que vai interessar ou mesmo ajudar outras pessoas e decida distribuí-la por meio da internet ou outro meio, nunca deixe de mencionar a fonte, pois assim estará preservando os direitos do autor e, consequentemente, contribuindo para uma ótima divulgação do livro.

VERA LÚCIA MARINZECK DE CARVALHO

De **Antônio Carlos** e **espíritos diversos**

MORRI! E AGORA?

editora

Sumário

Introdução

Muitas vezes já desencarnei. E em todas indagava-me, ao ter consciência de que mudara de plano: O que será de mim? Tive medo, na maioria das minhas desencarnações, ao me defrontar com essa situação. E a resposta somente foi tranquila quando tive boas ações me acompanhando. Morri! Desencarnei! Como definir essa passagem? É uma viagem que fazemos? Para onde iremos? Como ficaremos? Como será nossa vida no Além? Quem irá conosco? Tantas perguntas! E como receamos as respostas... Viagem? Talvez seja melhor dizer "mudança". E são muitos os locais para onde poderemos ir. A espiritualidade é enorme. Há lugares lindos, e outros nem tanto. E somente nossas obras nos acompanham. Os prudentes levam consigo as boas ações que lhes dão, de imediato, agradáveis frutos, o merecimento de ser acolhido em planos elevados onde há amigos que os orientam e auxiliam. Infelizmente as más obras são pesadas e prendem quem as coleciona em lugares não tão agradáveis, e seus frutos são amargos. Também fazer essa mudança sem obras é como estar oco, vazio e infeliz. Continuamos no Além como somos, com os mesmos conhecimentos, costumes, odiando ou amando aos outros.

A maioria das pessoas, ao ter o corpo físico morto, indaga: E agora? E acontecimentos vêm à mente. A mudança está feita! Será uma passagem feliz para aqueles que viveram encarnados fazendo jus ao merecimento de ser socorrido e permanecer entre amigos bondosos. Terão surpresas desagradáveis os que agiram sem piedade e sem seguir os ensinamentos de Jesus, que recomendou que fizéssemos ao próximo o que gostaríamos que fosse feito a nós.

Convidamos alguns amigos para que narrassem como foi defrontar-se com a desencarnação.

Espero que nossos leitores acreditem nos casos aqui narrados, pois são verdadeiros. E que aproveitem a oportunidade da encarnação, vivendo no bem para o bem, a fim de merecer, ao desencarnar, serem socorridos.

Antônio Carlos

1 - A enfermeira

Estava atrasada. Levantei-me no horário de costume. Como sempre, toda manhã em casa era uma correria. Meus dois filhos, um moço e uma adolescente, acordavam para ir à escola e meu marido para ir ao trabalho. Naquela manhã, meu filho me pediu:

— Mamãe, por favor, pregue o botão na minha camisa, quero ir à escola com ela.

E lá fui eu pregar o botão. Todos saíram, eu me atrasei, não peguei o ônibus no horário costumeiro, mas sim outro, dez minutos depois. Atrasada, atravessei correndo a avenida em frente ao hospital em que trabalhava e um carro me atropelou. Senti o baque e me vi caída no chão. Não senti dor, fiquei tonta e o que me aconteceu depois, pareceu-me que sonhava.

Vi que me colocaram em uma maca, entraram comigo no prédio do hospital, indo para a sala de emergência. Não conseguia mover-me nem falar. Reconheci os enfermeiros amigos ao meu lado, olhando-me preocupados. Senti o doutor Murilo me examinar e escutei:

– O estado de Sônia é gravíssimo!

Deu ordens que julguei serem certas.

– Não está adiantando! – escutei e reconheci a voz de Ivone, uma competente enfermeira.

– Morreu! – lamentou alguém.

– Sônia infelizmente não resistiu, está morta! – expressou-se doutor Murilo.

"Eu não!" – pensei aflita. – *"O que está acontecendo, meu Deus? Por que será que acham que morri? Tenho de falar, reagir e mostrar a eles que estou viva."*

– *Calma, enfermeira Sônia! Tranquilize-se. Sabemos que você está viva. Durma!*

Escutei e não identifiquei quem falou. Uma mão quente fechou meus olhos com carinho. Achei que me deram algum sedativo. Senti que estava sendo medicada e dormi.

Mas não foi um sono tranquilo. Às vezes sentia que mexiam comigo. Tentava tranquilizar-me, achando que estava sendo operada ou que me faziam curativos. Depois ouvi meus familiares chorando, principalmente minha filha, mãe e irmã.

Pensei: *"Eles já sabem e estão chorando junto ao meu leito. Isso não é permitido. Será que abriram exceção porque trabalho aqui?".*

– Morreu tão jovem!

– Coitada da Sônia, foi atropelada quando ia para o trabalho!

Sentia um torpor e não conseguia entender o que me acontecia. Concluí que era a anestesia que estava me fazendo delirar.

– *Sônia* – escutei uma voz forte falando comigo –, *vamos levá-la para um local sossegado. Acalme-se e tente descansar.*

"Vou para a U.T.I ." – pensei.

E esforcei-me para ficar tranquila. Senti alguém mexer no meu corpo, mas não senti dor, apenas aquele estado terrível de torpor. Parecia que sonhava, queria acordar e não conseguia.

Senti que me levaram para outro local e deitaram-me numa cama. Abri os olhos um pouquinho e vi que estava numa enfermaria. Pessoas de branco carinhosamente acomodaram-me e uma delas falou:

– *Sônia, você irá dormir tranquila!*

Ainda escutava choros e lamentos; depois dormi.

Acordei. Acabou aquele estranho torpor. Olhei para o local onde estava, era uma enfermaria bem-arrumada, limpíssima e silenciosa.

– *Onde estou?* – ouvi minha voz indagar e ressoar pelo quarto.

Duas senhoras me olharam. Ninguém respondeu.

"Estou no hospital" – pensei. – *"Que pergunta boba a minha. Estou me lembrando. Fui atropelada!"*

Curiosa, levantei o lençol. Estava vestida com uma camisola branca e pasmei: nenhum ferimento. Movi-me com facilidade e pensei:

"Aconteceu algo estranho! O que será que houve? Talvez tenha batido somente a cabeça e agora estou saindo de um coma. É isso! Mas por que não estou na U.T.I.? Por que não estou num quarto particular? Temos convênio!"

Um senhor entrou no quarto e uma das senhoras que me olhava avisou:

– *Doutor José Augusto, Sônia já acordou!*

– *Que bom! Como está, garota?* – perguntou ele me olhando e sorrindo.

Parecia que o conhecia, mas não me lembrava de onde. Observei-o bem. Tive a certeza de que ele não era médico do hospital.

"Será que fui transferida?" – pensei.

Como não respondi, ele perguntou novamente:

– *Sônia, como está se sentindo?*

– *Não sei, acho que bem. Estou saindo do coma?*

– *Não, você não estava em coma* – respondeu o senhor gentilmente.

– *Onde estou?*

– *Na outra parte do hospital.*

– *Que outra parte?* – indaguei curiosa.

– *Na que fica do outro lado* – respondeu uma das senhoras, intrometendo-se na conversa.

– *Lado?!* – balbuciei.

– *Do Além* – ela falou rapidamente e baixinho.

– *Sônia* – o senhor tentou explicar –, *você compreenderá aos poucos o que lhe aconteceu. É muito importante se esforçar para ficar calma e tranquila para se recuperar.*

Uma senhora me trouxe um suco. Não estava com vontade, não quis. O senhor afastou-se, foi conversar com outra pessoa. Fiquei ali aborrecida, sem compreender o que se passava.

Fingi dormir e, quando o senhor se afastou e tudo ficou quieto, levantei-me com facilidade e saí escondido do quarto, passei por um corredor e vi uma escada, desci e, aliviada, reconheci o hospital em que trabalhava. Estava como sempre, lotado, pessoas indo e vindo. Voltei para o quarto e deitei no meu leito.

"Deve haver uma explicação para estar aqui" – pensei. – *"Depois, por certo, aquele senhor me dirá o que aconteceu. Certamente fizeram, de algum setor do hospital, esse local mais tranquilo, onde me trouxeram para me recuperar."*

Dormi de novo. Acordei e pensei em tudo o que me ocorreu e achei estranho, principalmente porque escutei, sem compreender como, minha filha chorando.

"Ela veio me visitar e chorou. Por que não me acordou? Mas está chorando agora! Por que a escuto e não a vejo?"

Quando o senhor entrou no quarto, chamei-o:

– *Senhor, por favor, venha cá um pouquinho. O senhor é enfermeiro ou médico?*

– Sou alguém que cuida de vocês.

– Escutei essa senhora chamá-lo de doutor José Augusto. Não me lembro de ninguém com esse nome na equipe médica. Bem, isso não tem importância. Estava vindo trabalhar, atravessei a avenida e um carro me atropelou; depois não me lembro direito o que aconteceu. Escutei o doutor Murilo dizer que meu estado era grave, entrei num torpor, num sono estranho, com sonhos confusos. O senhor pode me dizer o que houve?

– De fato, você foi atropelada – respondeu ele, tentando me esclarecer sem me chocar. – Foi conduzida para a sala de emergência. Sônia, você, sendo enfermeira, já viu muitas pessoas morrerem, não é?

– Sim, já – respondi. – Trabalho com doentes terminais. No começo ficava triste quando uma pessoa morria, até orava por ela, depois isso se tornou rotina, era meu trabalho, cuidava de todos com carinho e a morte não me incomodou mais.

– A morte do corpo físico é algo natural! Você é religiosa? – perguntou ele.

– Sou, vou à igreja quando dá, gosto de orar no sossego de um templo – respondi.

– E o que pensa da morte?

– Não sei... – respondi sacudindo os ombros. – Por que está me perguntando isso?

– Porque o corpo físico nasce e morre. Nós o usamos para viver na Terra durante um período. Você não pensa na morte, em morrer?

– Eu não! Ainda mais agora que sobrevivi àquele atropelamento do qual ainda não me recuperei. A pancada na cabeça me deixou confusa, deve ter afetado meu cérebro.

Falei um tempão sobre o que sentia e tinha explicação para tudo. Doutor José Augusto me ouvia atento. Aproveitando que fiz uma pausa, ele falou:

– *Sônia, não esqueça que a morte do corpo físico é para todos, e que somos sobreviventes depois dessa ocorrência.*

Mudei de assunto aceitando um suco que me foi oferecido. Não estava gostando nem um pouco de estar ali, achei muito estranho. Quando minhas companheiras de quarto dormiram, levantei devagarzinho e saí do quarto. Uma senhora de aparência agradável aproximou-se quando estava no corredor perto da escada.

– *Sônia, aonde vai? Está fugindo?*

– *Saí somente para dar uma voltinha* – respondi.

– *Você pediu permissão?* – indagou-me. – *Não pode sair e andar por aí, pode ser perigoso. Volte, por favor! Você está em recuperação e tem de obedecer às normas do hospital. Como enfermeira sabe disso, não é?*

Fingi que ia voltar, mas corri e desci as escadas. Passei correndo pelos corredores movimentados do hospital. Entrei na ala reservada ao corpo docente, no vestiário das enfermeiras. Apressada, troquei de roupa. Saí do prédio, parei em frente da avenida, quis estar em casa. E logo estava. Aliviada, nem pensei como vim, achei que estava esquecendo alguns detalhes.

Meu lar estava bagunçado. Tentei arrumá-lo e não consegui. Quis colocar objetos nos seus lugares, mas eles continuavam onde estavam. Cansada, sentei numa poltrona e adormeci. Acordei com meus filhos chegando com minha mãe. Corri para abraçá-los, mas eles não me deram atenção. Pareciam não me ver. Escutei minha filhar dizer:

– Estamos contentes, vovó, por estar aqui nos ajudando.

Conversaram sem me dar atenção.

"Acho" – pensei – *"que estão bravos comigo porque fugi do hospital."*

Meus dois filhos e minha mãe fizeram uma faxina na casa. Ela foi embora, meu marido chegou, estava abatido e triste.

Também nem me olhou. Chorei. E minha filhinha chorou também. Meu marido a abraçou.

– Filha, não chore! Estamos todos sofrendo. Tente reagir, temos de continuar vivendo.

– Sinto tanta falta dela!

"Será que minha filha está chorando porque minha mãe, a avó dela, foi embora?" – pensei.

Os três se abraçaram. Foram dormir, nem me deram atenção. Resolvi ir para o quarto. Deitei na minha cama. Encostei-me no meu marido. Ele se revirou, levantou e foi para a sala, ligou a televisão. Fui também, disposta a conversar com ele.

Falei por minutos que estava bem, por isso saí do hospital e que eles não precisavam me tratar assim. Meu esposo sempre fora muito atencioso comigo, fingiu tão bem que parecia não me escutar. Sentei-me no sofá e dormi.

Assim se passaram dias. Até que escutei minha mãe e minha filha conversando. Diziam que iam ao hospital pegar alguns objetos meus que estavam lá.

"Bem" – pensei –, *"se estão me tratando assim, com des-prezo, porque fugi de lá, vou com elas, assim me desculpam e fica tudo bem."*

Entrei com elas no carro. Pararam no estacionamento do hospital, acompanhei-as e entramos no prédio.

Fiquei olhando o movimento e quando percebi as duas su-miram. Resolvi ir para a enfermaria onde estive, mas não en-contrei as escadas. Fiquei andando pelo corredor, acabei indo ao setor em que trabalhava, dos doentes em estado grave. Fiquei num canto olhando. Vi um senhor, que já conhecia, era um doente difícil, exigente e abusado. Maltratava com pala-vras rudes quem cuidava dele. Por duas vezes passara as mãos em mim. Agora estava morrendo, e morreu. Vi dois vultos es-curos o pegarem pelos braços, deram-lhe um puxão e ele se transformou em dois. Um quieto, ali no leito, outro gritando e desaparecendo com os vultos. Tremi de medo. Logo em seguida, outra morte, uma senhora tranquila, morreu orando e foi envolvida por uma luz. Também se transformou em duas. Uma ficou dormindo serenamente, e a outra foi embora com a luminosidade.

Estava estupefata, então, vi aquela senhora que tentou me impedir de fugir.

— *Oi, Sônia! Que bom ter voltado! Espero que tenha compreendido o que ocorreu com você.*

— *Acho que estou louca!*

Ela me abraçou com ternura.

Não, Sônia! Por favor, não se iluda mais! Observe nos! Somos, você e eu, diferentes dessas enfermeiras e desses doentes. Você não está louca! Quando foi atropelada, seu corpo físico morreu, porém você continuou viva, porque o espírito não morre.

— *Morta, eu?! E agora?* — perguntei aflita e com medo.

— *Aceite essa forma de viver. Venha, vou levá-la para a parte do hospital onde abrigamos desencarnados necessitados de orientação.*

Pegou na minha mão e foi me puxando. Ao passar pelo corredor principal, vi na parede uma foto do doutor José Augusto, ele foi um dos fundadores do hospital e morrera há muito tempo.

— *O retrato do doutor José Augusto!* — exclamei. — *Ele me ajudou. Via sempre essas fotos quando trabalhava aqui, por isso que, ao vê-lo, achei que o conhecia.*

Aquela senhora me colocou no leito. Chorei por horas com dó de mim e com medo. Senti-me abraçada. Era o doutor José Augusto.

— *Sônia* — falou ele carinhosamente —, *minha amiga, não chore mais! A vida continua.*

Adormeci tranquila.

Acordei sentindo-me bem. Compreendi tudo. Minutos depois, o doutor José Augusto veio me visitar e perguntei para ele:

— *E agora?*

— *Irá aprender a viver com esse corpo que agora a reveste, o perispírito, para depois continuar sendo a boa enfermeira que sempre foi.*

— *Explique-me, por favor, o que aconteceu comigo* — pedi.

— *Você, há oito meses e quinze dias, ao atravessar a avenida, foi atropelada e desencarnou. Foi trazida para cá e um dia fugiu.*

— *Parece que faz somente alguns dias que fui atropelada!* — exclamei.

— *Porque ficou confusa e dormiu muito.*

— *Foi por isso que ninguém em casa me viu. Coitados!*

— *Não poderiam vê-la. Você, Sônia, iludiu-se e não quis aceitar a situação. Via, em seu trabalho, muitas pessoas desencarnarem, mas não pensou que isso aconteceria com você.*

— *Como fui para minha casa? Como troquei de roupa?* — quis saber curiosa.

— *Nós, desencarnados, locomovemo-nos com a força do pensamento, da vontade. Isso se chama volitação. Para fazer esse processo consciente necessitamos aprender. Alguns o fazem sem saber, usam da vontade, como você fez. Quanto à troca de roupas, podemos plasmar vestimentas e objetos, também se faz conhecendo e depois de um aprendizado, ou como você, que usou a força mental sem saber.*

— *Vi, na U.T.I., duas pessoas morrerem. Um senhor foi levado por vultos escuros e uma senhora por uma luz* — falei, olhando para o doutor José Augusto, esperando por uma explicação.

— *A desencarnação não é igual para ninguém* — ele me esclareceu gentilmente. — *Aquele senhor infelizmente viveu fazendo maldades, e desencarnados que não o perdoaram levaram seu espírito para regiões trevosas a fim de se vingarem dele. A senhora que viu com luz foi uma pessoa bondosa e amigos vieram buscá-la para levá-la a locais de agradável moradia. Há também desencarnes como o seu, em que o espírito permanece junto ao corpo morto, vendo de forma confusa arrumarem-no dentro do caixão e o velório. Você foi desligada duas horas antes do enterro. Outros, não querendo abandonar o envoltório carnal, são enterrados junto.*

Admirei-me com as explicações coerentes que aquele bondoso doutor me dava.

– *Ainda bem que não me cremaram!* – suspirei aliviada. – *Meu marido quer ser cremado. O que acontece com espíritos que têm o corpo físico morto reduzido a cinzas pela cremação?*

– *Nos locais onde são cremados, trabalham equipes de socorristas que, independentemente de merecerem ou não, desligam esses espíritos da matéria morta. Quem fez por merecer um socorro é levado para casas de auxílio; outros, que viveram imprudentemente ou sem fazer o bem, somente são desligados* – alguns ficam a vagar e muitos retornam ao antigo lar.

– *Existem então desencarnados, como o senhor se refere aos que morrem, bons e maus? Corri risco em ter saído daqui sem permissão?* – indaguei-o.

– Há, no Plano Espiritual, espíritos bons, maus e os que têm a intenção de se melhorar, mas que infelizmente não tiveram coragem suficiente para se dedicarem ao bem. Você, Sônia, correu perigo de desencarnados maus a pegarem e fazerem escrava. Nós sabíamos onde você estava e um socorrista ia vê-la sempre, tínhamos notícias suas.

Agradeci-o pelo auxílio e pelas explicações.

Dessa vez fui obediente, recuperei-me, compreendi que fizera minha partida do Plano Físico e, como quem parte chega, vim para o Plano Espiritual. Fui transferida para uma colônia, onde aprendi a viver desencarnada e a ser útil.

Tinha sempre notícias dos meus familiares, depois de anos, pude vê-los e estar com eles nos momentos importantes. E foi uma felicidade quando o doutor José Augusto me convidou para servir como enfermeira, ser socorrista no hospital em que trabalhei quando encarnada.

E a vida fantasticamente continua!

Sônia

Explicação de Antônio Carlos

Iludir-se é fácil. Temos tendência a acreditar no que queremos. Assim, Sônia iludiu-se. Escutou, ao ser levada para a sala de emergência, que seu estado era grave, que morrera. Agarrou-se tanto ao corpo físico que socorristas que serviam no hospital tiveram dificuldades para desligá-la. Seu socorro somente ocorreu duas horas antes de o seu envoltório carnal ser enterrado. Deu para si mesma explicações para tudo o que estava lhe acontecendo de diferente. Ao ficar numa parte do hospital que não conhecia, achou que era uma nova ala. Na sua casa terrena pensou que a família não falava com ela por estarem bravos, por ter fugido etc.

Normalmente poucas pessoas se preparam para esse fato natural que é a desencarnação. Infelizmente, sempre achamos que isso acontece com os outros e, quando chega nossa vez, apegamo-nos a detalhes para crer que continuamos na matéria física. Se tivermos conhecimento, faremos essa mudança com mais facilidade. Embora necessitemos fazer jus para merecer o socorro.

Não aceitar a desencarnação não depende do motivo que levou os órgãos do corpo físico a findarem suas funções. O desencarne de Sônia foi brusco. Talvez, se estivesse doente por meses, ter-se-ia preparado e aceitaria sem tantas dificuldades a mudança de plano. Mas, infelizmente, tenho visto doentes de anos também se iludirem. Não deveríamos ter pavor da morte, e sim entendê-la e designar esse fenômeno pelo nome certo: desencarnação, aceitando essa outra forma de viver. Com aceitação e compreensão, tudo fica mais fácil e agradável.

2 - Mala vazia

– Que coisa! Não sei o que está acontecendo comigo. E esta dor está bem chata! – resmunguei aborrecido.

Estava a caminho do banco e, no momento, parado no trânsito. Uma senhora que caminhava pela calçada me informou do ocorrido:

– Teve um acidente na esquina, nada grave, logo o trânsito vai ser liberado.

– Obrigado! – agradeci sorrindo.

E os pensamentos vieram novamente:

"Se eu tivesse tido mais paciência com duas companheiras e frequentadoras do centro espírita em que tentava ser útil, elas não teriam brigado e se afastado da casa. As duas me fizeram perder a paciência" – tentei me justificar.

"Somente se perde o que se tem. E você, tem a virtude da paciência?"

"Acho que deveria ter tentado apaziguá-las."

E o monólogo prosseguia; embora tentasse pensar em outras coisas, voltavam os pensamentos em que dialogava comigo mesmo. E assim foi durante todo o dia.

Lembrei-me das vezes em que fiquei nervoso no meu segundo lar: a casa espírita.

"Acho que não fui caridoso com Toninho. Também, ele estava levando alimentos arrecadados para sua casa."

"Tentou ao menos saber o porquê de ele fazer isso? Será que não estava passando necessidades?"

"Aparentemente não tinha motivos, ele estava empregado" – justifiquei-me.

Pensei também em alguns fatos desagradáveis que ocorreram em minha vida familiar. Ainda bem que foram poucos, e todos eles me pareceram sem importância. Estava sendo bom filho, esposo e pai, senti que eu mesmo não tinha queixas sobre mim nessa parte, com a família.

Assim como também não estava me cobrando as atitudes que tive com outras pessoas que conviviam comigo no trabalho e na sociedade.

Dei um longo suspiro. O trânsito foi liberado, prestei atenção e me dirigi ao banco.

Enquanto esperava ser atendido, os pensamentos voltaram:

"E se tivesse me dedicado mais à assistência social? Participado com mais atividades nas campanhas? Acho que não fiz visitas aos doentes que poderia. Não levei consolo aos pais que tiveram filhos desencarnados. Poderia ter feito mais, muito mais."

O gerente me chamou:

– Senhor Nelson, por favor!

"Chega! Que pensamentos persistentes! Se não fiz, vou fazer agora e pronto!"

Aproximei-me do gerente e o cumprimentei.

– Como está, senhor Nelson?

– Com algumas dores na coluna; vou marcar uma consulta com meu médico – respondi.

Resolvi o problema com o gerente, voltei ao escritório e à noite, em casa, depois do jantar, sentei-me no sofá para ler o jornal e novamente preocupei-me com os pensamentos:

"As malas, será que estão arrumadas?" – indaguei, pensando nelas.

Desde que me tornara espírita compreendera que a morte é somente uma mudança na forma de viver e tranquilizei-me; antes tinha um medo terrível desse fato que é natural a todos nós. Então resolvi acumular obras boas que me acompanhariam nessa viagem que faria só. Imaginei algumas malas e nelas, dia após dia, colocava mentalmente algo que julgava ter feito de bom.

Tomei um remédio para amenizar as dores e fui dormir.

Acordei de madrugada com uma forte dor, não consegui nem falar. Devo ter gemido, pois acordei minha esposa, que acendeu a luz. Vi temor nos seus olhos. Ouvi-a falar ao telefone, chamando a ambulância e os filhos. Tenho dois que já estão casados.

Ela pegou na minha mão, senti-me seguro. Outra dor forte, aguda, que me deu a impressão de que algo explodia em meu peito; fui apagando. Esse "apagando" quer dizer "sumindo". Ainda vi minha esposa passar as mãos sobre meu peito, ajeitar minha cabeça e me chamar:

– Nelson!

Acordei. Dei uma olhada no local onde estava. Era um quarto estranho. Somente mexi os olhos. Estava num leito com lençóis brancos. Do lado esquerdo havia uma janela fechada, por onde entrava tênue claridade. Do lado direito, duas portas, uma mesinha de cabeceira e uma poltrona.

– *Devo ter desencarnado!* – exclamei baixinho.

Estava bem, tranquilo e me sentindo confortável. Sem saber o que fazer, resolvi ficar quieto.

"Se eu não tiver desencarnado e estiver em um hospital de encarnados, falando que morri, eles acharão que enlouqueci. É melhor esperar" – decidi.

Não demorou muito, um senhor entrou no quarto. Olhei-o e achei que o conhecia.

– *Bom dia, Nelson! Como está passando?* – ele me cumprimentou sorrindo.

– *Bom dia! Estou bem!* – respondi.

– *Está precisando de alguma coisa?*

– *Não, obrigado. O senhor é médico?*

– *Não sou médico, e sim seu amigo* – respondeu.

Fiquei sem saber se perguntava onde estava e o que me acontecera. Ele, vendo-me encabulado, explicou:

– *Você, Nelson, sofreu um infarto e está se recuperando.*

"Sem soro? Não vejo instrumentos hospitalares. Não devo estar encarnado!" – pensei.

Olhei novamente para ele. Veio na minha mente a lembrança dos amigos da casa espírita. Recordei-me da descrição dos médiuns videntes sobre os nossos orientadores desencarnados, lembrei-me com detalhes do que falavam de um deles, o que estava sempre ao meu lado, orientando-me. José, assim o chamávamos.

Enquanto me recordava desse fato, ele ficou quieto. Observei-o bem.

"Parece com ele ou é o próprio José?" – indaguei-me.

Resolvi perguntar:

– *O senhor é meu amigo porque trabalha no centro espírita que frequento? Do lado espiritual? É o José?*

– *Sim, sou. Tenho imenso prazer em tê-lo aqui conosco.*

– *O que aconteceu?*

– *Como já disse, você teve um infarto e os órgãos do seu corpo cessaram suas funções. Nós, os companheiros desencarnados, que por anos trabalhamos com você, pudemos desligá-lo da* matéria morta e trazê-lo para cá. Está na ala de recuperação da colônia, situada no espaço espiritual da cidade onde viveu encarnado.

Olhava-o atento, ele sorriu e perguntei em tom de indiferença – parecia que o assunto era corriqueiro, como se indagasse: "Você leu esse livro?".

– *E meus familiares?*

– *Comportaram-se e agiram muito bem, demonstrando os conhecimentos adquiridos. Sendo espíritas, deram exemplos de como se deve agir nesses momentos ainda tão difíceis para os terráqueos. Você recebeu muitas orações dos companheiros e teve um velório e um enterro tranquilos, dignos de um aprendiz do Evangelho.*

Fiquei quieto. Depois de dois longos minutos, esse senhor, percebendo que eu desejava ficar sozinho, sorriu e se despediu.

– *Nelson, vou deixá-lo a sós um pouquinho. Volto logo.*

Acenei com a cabeça concordando e, ao ficar sozinho, fiquei a pensar:

"*Ontem não estava me sentindo bem. Tive aqueles pensamentos estranhos. Não, acho que não eram estranhos, eram reais. Deixei de fazer muitas coisas, e outras fiz de forma errada. E a morte me surpreendeu...*".

Comecei a ficar inquieto, a suar, senti minhas mãos geladas.

"*Não fiz o que deveria ter feito! Não julgava que isso ia ser cobrado.*"

Passei a respirar com dificuldade e senti uma dorzinha no peito.

"*Morri. E agora?*"

Senti um pavor que me paralisou no leito, devo ter arregalado os olhos. Falei alto, repetindo a indagação:

– *E agora?*

– *Nelson, por favor!* – disse José, entrando no quarto novamente.
– *Calma!*

E, estendendo as mãos sobre mim, deu-me um passe. Fui me tranquilizando.

— *O que lhe aconteceu? Você estava tão bem!* — ele indagou.

— *Sou infeliz! Deixei de fazer muitas coisas* — queixei-me. — *Não me dediquei como deveria à assistência social, não apaziguei as discórdias, não fiz...*

— *Pare!* — ordenou-me José. — *Não se recrimine assim! Você vai agora me dizer o que fez de bom para a casa espírita.*

— *Eu? O que fiz?*

— *Sim, você! Que tal lembrar-se dos passes que aplicou, das entrevistas em que aconselhou e consolou a muitos, das orientações que deu a desencarnados necessitados de ajuda por meio dos trabalhos de desobsessão, dos livros espíritas que emprestou, doou e...*

Foi falando dos pequenos atos que fiz, e fui melhorando. José parou de falar, indaguei-o aflito:

— *E agora? O que faço?*

— *Primeiro, descanse para se recuperar; depois aprenderá a viver sem o envoltório físico e a ser útil à colônia que o abriga.*

— *O senhor falando assim parece fácil* — expressei-me.

— *É, de fato é fácil. Lembre-se, Nelson, de que a vida continua sem saltos e sem complicações, por isso não a complique. Não se deixe abater por pensamentos negativos como esses que teve. Pense no presente, é no momento atual que devemos fazer o bem para sermos bons um dia.*

Envergonhei-me do vexame que dei, José sorriu compreendendo.

— *Nelson, todos nós sabemos que os órgãos do corpo físico um dia cessam suas funções. Mas, quando ocorre conosco, é um acontecimento especial, porque esse momento é nosso. E nós é que passamos por ele. Agora, durma para descansar, ficarei aqui até que adormeça.*

Quando acordei vim a saber que trinta dias já haviam se passado da minha mudança de plano. Cobrei de mim mesmo o que deixara de fazer quando encarnado, amargurei-me, entristeci-me, sentindo-me um pouco fracassado. Quem pode tem obrigação de fazer. E sofri, julguei a mim mesmo. Mas compreendi que não basta se lamentar e me esforcei para melhorar. Se não realizei mais coisas, agora estava tendo a oportunidade de realizar.

Fiz uma viagem em que mudei de plano, e somente o que me acompanhou foram as minhas obras! Voltei com a bagagem quase cheia, aproveitei encarnado muitas das oportunidades que tive. Aprendi, erradiquei alguns vícios, adquiri virtudes, mas me incomodava o espacinho que deixei vazio.

Resolvi reagir. Levantei-me e imaginei as malas que quando encarnado mentalizei, aquelas em que fui colocando meus atos. Abri o armário do quarto e também a primeira mala. Continuei a imaginar, ia pegar meu aprendizado para colocar dentro da gaveta. Parei. Compreendi que não se guardam conhecimentos adquiridos em locais. Eles estavam dentro de mim.

Retornara à pátria espiritual. E voltara sabendo como era, o que encontraria. Eu estava num lugar de maravilhas e com amigos. Ajoelhei-me e agradeci a Deus; lágrimas rolaram pelo meu rosto. Senti-me agradecido e dei graças.

Fiquei mais cinco dias no hospital, depois fui hospedado numa casa com amigos. Encantei-me com as belezas da colônia. Lera em livros espíritas descrições das cidades espirituais, mas vê-las pessoalmente é uma felicidade indescritível.

O tempo passou, de aprendiz tornei-me servo útil, um morador pelos muitos serviços prestados. Pude saber e estar sempre com meus familiares, e assim amenizar minha saudade.

Hoje, acho engraçado ao recordar aqueles momentos em que receei, sem razão, estar desencarnado. Sofri muito naqueles minutos. Mesmo com conhecimento não me isentei de ficar inseguro, de sentir medo. Ainda bem que aquela agonia passou rápido. Hoje estou muito feliz, tentando não deixar mais nenhuma obra que possa ser feita sem fazer. E penso nas malas, não quero deixar nenhuma vazia, porque sei que mudarei de plano. Um dia, reencarnarei novamente. E quero ter uma boa bagagem, com boas obras, pois elas são tesouros conquistados.

Anseio servir sempre para ajudar a melhorar a Terra, o planeta que temos por graça para morar, pois, tornando-o melhor, teremos um lar de bem-aventuranças.

Nelson

Explicação de Antônio Carlos

A história da vida de Nelson é um exemplo. Foi um servo útil, tanto que mereceu um socorro imediato e foi levado para uma colônia. Infelizmente são raras as pessoas que ao desencarnarem se sentem como ele, achando que poderiam ter feito mais a si e ao próximo, julgando-se devedoras, porque oportunidades de praticar o bem, fazê-lo a outros e a si mesmo todos temos quando encarnados. Tranquila é a desencarnação dos que agem como Nelson; felizes e bem-aventurados os que realmente retornam à pátria espiritual tendo no Plano Físico feito tudo o que podiam.

3 - A artista

Sentia-me muito doente. Sabia que a doença de que padecia era incurável, estava sofrendo muito e o tratamento também era dolorido.

Pedi muitas vezes ao médico, que conhecia desde criança, para interromper o tratamento.

— Esses remédios me fazem mais mal do que bem! — exclamei.

Ele explicou por minutos que eu estava errada, e que embora eu não sentisse melhora evitavam que sentisse mais dores.

— *Meu querido doutor deve ter pensado melhor e ter feito o que eu queria. Só que não está mais me visitando!* — falei suspirando.

Meu mordomo, secretário, nem sei mais o que ele era para mim, porque fazia de tudo em casa, entrou na sala em que eu estava. Talvez, pensando melhor, a definição que poderia lhe dar era de apaixonado-amigo.

Silencioso e triste abriu a cortina de uma das janelas. Nada falou. Estavam ele e uma das empregadas que ficou comigo, obedecendo-me. Eu não queria conversar. Primeiro, por não gostar mais de falar; não tinha assunto a não ser de doença e isso me cansava. Segundo, porque depois que meu filhinho faleceu desinteressei-me de tudo.

Tinha bastante dinheiro e o mordomo administrava-o bem.

Fechamos a casa com nós dentro, isso para que jornalistas ávidos por notícias não conseguissem alguma foto minha doente. Já não parecia mais a jovem que fora. E ele, meu mordomo, não me dava motivos para recriminá-lo. Abriu a cortina da janela que dava para os fundos da casa.

— *Como agora não gosto de jornalistas!* — expressei-me baixinho.

Ele me olhou, ou talvez para a poltrona em que eu estava. Aproximou-se devagarzinho e arrumou a manta que estava sobre a poltrona, cobrindo-me.

Olhei-o agradecida. Sabia que ele me amava e foi somente por esse amor verdadeiro que ficou comigo. Era meu empregado há anos. Um dos meus namorados insinuou que ele era apaixonado por mim. Ri naquele momento.

Depois da tragédia, fiquei doente e ele ficou ao meu lado, compreendi que esse homem me amava, mas era tarde demais.

Pensei nos repórteres e jornalistas, agora me escondia deles. Antes não fora assim, gostava de ser fotografada, exibia-me diante das câmeras. Fazia de tudo para ser entrevistada e sair em jornais e revistas. Mas o tempo passou e eu mudei.

— *Pense na sua vida e preste atenção nas mudanças que houve!*

Escutei alguém me falar, mas, como não vi ninguém, achei que eram pensamentos meus. Às vezes sentia que escutava meu filhinho, achava que era por sentir muito sua falta.

Cochilei e acordei na minha enorme cama.

— *Estou muito sozinha! Nenhuma visita!* — falei resmungando.

Proibira as visitas e, quando alguém vinha me ver, não as recebia. E, ultimamente, até o médico da família não vinha mais. Nem meu irmão, ele se zangara por eu não querer ir para o hospital. Estava tendo o sossego que desejava, mas me sentia sozinha.

Nos tempos de glória, aparentemente fui feliz. Fama, sucesso e, com isso, dinheiro. Fora os maridos, amantes e muitas badalações.

De uma relação mais séria, nasceu meu filho. Amei-o muito. Com a separação, ele ficou comigo e nos tornamos grandes companheiros, unidos por uma relação maravilhosa que somente existe entre mãe e filho. Estava com ele sempre que possível. Até recusei alguns trabalhos para ficar juntinho dele.

Meu filho crescia forte, bonito e muito inteligente.

Viajava a trabalho sempre. O mordomo e as empregadas ficavam com meu filhinho, que adoravelmente cativava a todos, sendo em casa um reizinho muito amado.

Meu filho nunca saía sozinho, levavam-no e buscavam-no na escola. Um dia em que eu estava viajando, tendo um dos professores do seu colégio falecido, as crianças foram dispensadas mais cedo e ele voltou para casa de carona. O portão da frente de nossa casa era todo de grade com pontas. Meu filho, em vez de tocar a campainha, resolveu, sabe-se lá por que, pulá-lo.

Caiu e ficou ferido por uma ponta no pescoço. Pessoas que passavam pela rua viram, gritaram, meus empregados acudiram. O mordomo aflito levou-o para o hospital, onde morreu de hemorragia.

Sofri tanto, não queria acreditar. Quis, com sinceridade, ser enterrada com ele.

Fiquei depressiva e adoeci.

Fizeram o que eu pedi, não conversavam comigo e não recebiam visitas. Mas não estava satisfeita. A solidão me deixava mais triste e a doença me fazia delirar. Ora escutava alguém que me dava a impressão de ser meu menino a me falar para analisar a situação, ora sentia pessoas orarem por mim. Ao sentir isso, achava que eram fãs querendo que me curasse. Mas, às vezes, sentia ou escutava pessoas chorarem achando que haviam me perdido. Eram sensações estranhas que me deixavam confusa; desejava que passassem logo, mas não passavam.

Por tempos vivi nessa agonia e tristeza, sem conseguir definir se foram meses ou anos.

Um dia, o mordomo entrou no quarto, então resolvi sair do meu mutismo.

– *Você tem sido um leal amigo! Pode falar, vamos conversar.*

Ele não respondeu. Estranhei e repeti:

– *Sente-se aqui perto de mim. Vamos conversar!*

Ele deu uma olhada pelo quarto e saiu.

"Será que o ofendi? Certamente o fiz, mas não foi por querer" – pensei.

Conquistara, usando de minha beleza, muitos homens, mas não o seduzi, nunca tive a pretensão de ter um caso com um empregado.

– *Já viu como é o corpo dele e como é o seu?* – a voz que ouvia de vez em quando me falou.

– *Vou telefonar para meu médico ou para meu irmão!*

Não consegui tirar o fone do gancho. Toquei a sineta que fora colocada na minha mesinha de cabeceira desde que ficara doente. Nada.

Depois de um tempo, o mordomo entrou no quarto. Olhou tudo, passou a mão pela cômoda, pegou um porta-retrato com fotos minhas, olhou-as com carinho e disse baixinho:

– Perdoe-me! Não pude impedir que seu irmão, seu herdeiro, vendesse tudo! Amanhã virá o caminhão para retirar alguns móveis que serão leiloados. Logo, os novos proprietários estarão aqui e modificarão tudo. Irei embora! Esta casa deveria ser um santuário e não deveria ser modificada.

– *Como?!* – gritei. – *O que está falando? Meu irmão vendeu tudo? Como pôde, se eu ainda não morri?*

– *Veja a diferença!* – escutei a voz.

Olhei para ele examinando-o e depois para mim. Estávamos muito diferentes. Ele sadio e eu doente. Mas a voz insistiu. Analisei-o novamente . O mordomo chorava sentido. Então percebi que seu corpo era grosseiro e o meu leve e diferente.

Pedi para ele ficar no quarto comigo, mas ele saiu.

Escutei barulho. Abriram o quarto, meu irmão e o mordomo entraram, meu mano deu ordem:

— Você, por favor, pegue tudo o que era de uso pessoal e os retratos, coloque-os nestas caixas, vou levá-las comigo, depois resolvo o que farei.

— Ela nos fará falta! — falou o mordomo.

— Já faz! Entenda que não posso mais deixar esta casa sem moradores, e não pretendo residir aqui.

— Compreendo! — expressou o mordomo triste.

"Por que faz isso?" — gritei.

Meu irmão suspirou e disse como se falasse a si mesmo.

— Minha irmãzinha morreu! Uma artista como ela não deveria nunca morrer! Tem pessoas que vieram à Terra para serem eternas.

Abri a boca de espanto.

"Eu morri?!"

Deviam estar enganados. Estava ali, doente, mas viva. Olhei-os, estavam sérios, expressões sofridas e não iam brincar com esse assunto sério: a morte. Tremi de medo. E novamente a voz:

— *Calma! Você nunca pensou nas coisas boas que fez?*

Não estava com vontade, mas me lembrei. Pratiquei muitas caridades, tinha muito dinheiro. Nunca maltratei ninguém e ajudava sempre que podia todos a minha volta.

— *O que mais quer nesse momento?* — a voz me perguntou.

— *Ver meu filhinho!* — respondi em tom de súplica.

— *Não terá medo?*

— *Não!*

Senti alguém pegar na minha mão. Olhei-a e vi uma mãozinha. Deliciei-me com o contato e com o carinho. E junto da mãozinha foi se materializando a figura do meu filho.

– *Filhinho do meu coração! Você veio me ver! Sinto tanto sua falta!*

– *Mamãe, tive meu corpo físico morto e continuei vivo em espírito. Tenho lhe pedido para observar nossos empregados, os dois que ficaram nesta casa.*

– *Meu irmão quer vendê-la!* – expressei-me sentida.

Nisso o mordomo voltou com as caixas. Abriu a cômoda, foi pegando alguns objetos e colocando-os dentro.

– *Ele é nosso amigo querido!* – disse meu filho. – *Observe-o, mamãe, ele é diferente de nós. Nós dois morremos, ele não!*

O mordomo chorava, e eu também.

– *E agora, meu filho? Que faço?* – indaguei com ansiedade e medo.

– *Venha comigo! Aqui é local de moradia para quem ainda tem o corpo carnal, nós que o deixamos temos outros locais para viver.*

Abraçamo-nos, confiei e fui com ele, que volitou comigo. Fui abrigada numa colônia e internada num hospital. Minha adaptação foi longa. Sentia-me doente, tive de receber muita ajuda para me sentir novamente sadia. Quando melhorei, senti falta das atividades artísticas, de ser admirada pelos fãs. Mas acostumei-me, principalmente tendo ao meu lado meu filhinho. E a vida continuou muito diferente para mim. Era acostumada ao luxo e a ser servida, ali tudo era lindo, mas simples, e tive de aprender a servir.

Ao desencarnar, meu espírito foi desligado da matéria e meu corpo enterrado com pompas. Continuei em casa, sem compreender o que me acontecera. Fiquei muito tempo confusa. Meu filho ia sempre me visitar, tentando me explicar que meu corpo físico morrera; era dele a voz que ocasionalmente eu escutava.

E o mordomo, amigo fiel, de fato me amou, dedicou-se a mim com fidelidade. Ficou o quanto pôde em minha casa, tomando conta de tudo.

Fãs compadeceram-se de mim na tragédia que me abalou, do acidente em que meu filho desencarnara e da minha doença. Meu desencarne foi sentido. Muitos oraram por mim, outros choraram. Mas tudo passou. Aos poucos foram me esquecendo, alguns ainda se lembram do meu trabalho, labutei muito para conseguir ser conhecida e admirada.

Sofri como uma pessoa comum. E somente compreendi e indaguei: "O que faço agora que morri?" tempos depois, quando tive consciência desse fato. Foi uma sensação muito estranha, senti um vazio, como se passasse por uma porta, e essa se fechasse e não soubesse o que encontraria pela frente. Ainda bem que Deus é misericordioso e permitiu que encontrasse meu filhinho.

Tenho planos de aprender para ser útil aqui na espiritualidade. Desejo trabalhar auxiliando os que sofrem. Quero esquecer o passado, mas, às vezes, sou reconhecida aqui no Plano Espiritual.

– *Você não foi artista?*

– *Sim* – respondo.

Depois de observada e de alguns comentários, retornamos às atividades. Sei que esses fatos serão cada vez mais raros, porque tudo muda, passa, e conosco permanece o que de fato somos.

Explicação de Antônio Carlos

Essa convidada não quis se identificar. Porque nomes são para sermos identificados por uma encarnação. Podemos nos tornar conhecidos por muitos motivos, por sermos talentosos ou por um trabalho sério, seja esse nas artes, na ciência, na religião etc. Já tivemos muitos nomes e, com certeza, teremos outros mais.

E todos nós nos defrontamos com a morte do corpo físico, famosos ou não. E essa foi a história dela.

Muitos indagam o que acontece com pessoas conhecidas que têm muitos fãs. A desencarnação para elas não é diferente. O corpo carnal morre. E o socorro logo em seguida é para aqueles que fizeram jus.

Assim como se comenta entre os encarnados a mudança de plano de pessoas famosas, na espiritualidade também se ouvem comentários quando isso acontece.

Dizem os desencarnados maldosos e cheios de inveja:

— Teve de tudo e do melhor: homens ou mulheres, carros, viagens, comeu muito bem, fez tudo o que queria. E agora? Morreu! Se pudermos a traremos para cá e sentirá então o que é viver sem nada! Vai ter de sofrer! etc.

Entre os bons se escuta:

— Admirava seu trabalho! Como foi esforçada! Como trabalhou para chegar aonde chegou! Praticou muitas caridades. Era boa filha, e era ótima mãe! etc. Que Deus a abençoe e que ela possa compreender sua mudança de plano, aceitar seu desencarne e ser socorrida.

Quase sempre lamentos e choros de fãs as incomodam, mas as orações de carinho fazem uma barreira da qual desencarnados trevosos não conseguem se aproximar.

E para onde vão depois, se é para o umbral ou para uma colônia, dependerá somente delas. Ser conhecida foi resultado de um trabalho e o foi por uma ocasião, mas são os atos que nos acompanham que nos farão ficarmos bem ou não.

4 - Em coma

Estava sentado na minha poltrona preferida, sentia muito cansaço e não conseguia concentrar-me para ler o jornal. Não passara o dia bem, tivera muitas preocupações e aborrecimentos.

De repente, senti uma dor forte na cabeça, quis gritar e não consegui. Vi um túnel, passei rápido por ele e fui ao encontro de uma luz clara e brilhante. Senti-me amparado por uma pessoa.

– *Ainda não é hora, espere!*

Confuso, parei; não consegui ver nitidamente a pessoa que me segurou pelo braço e que falou comigo de modo carinhoso.

Olhei para baixo, estava na sala de minha casa, a um metro e meio acima da poltrona. Vi-me sentado, quieto, pálido, com a respiração descompassada e barulhenta.

Meu filho aproximou-se e me chamou:

– Pai! Papai! O senhor está sentindo alguma coisa?

Como não respondi, ele se inclinou para me ver melhor e gritou:

– Mãe! Corre aqui! Papai não está passando bem!

Eles correram e telefonaram chamando uma ambulância. Minha esposa segurou minha mão e chorou aflita. O socorro veio, colocaram meu corpo na maca. A pessoa que me amparava disse:

– *Vem!*

Aproximei-me do meu corpo e não vi mais nada até que despertei. Não conseguia me mexer nem falar, mas via e ouvia. Estava na U.T.I. de um hospital e acordei com um médico com voz agradável. Senti que ele pegou na minha mão.

– Vamos lá, Niquelino, acorde! Sei que você é muito trabalhador, não vá agora dar uma de preguiçoso. Você teve um acidente vascular cerebral e está no hospital. Deve se recuperar. Daqui a pouco é hora de visitas, vou pedir para fazer sua barba. Vamos reagir!

Quis mexer-me, mas não consegui. Aproximou-se de mim outra pessoa que me barbeou, limpou-me, mas essa pouco conversou.

Chegaram as visitas, minha esposa e filha. Fizeram-me carinho e beijaram-me, foi uma sensação agradável, muito gostosa. Minha filha falou comigo, disse que tudo estava bem e que haviam conseguido parcelar minha dívida.

Foram embora e pensei que, se não tivesse ficado tão preocupado, talvez não estivesse doente. Mas sempre fui muito honesto, estava endividado e não conseguia quitar a dívida. Isso muito me aborrecia, para não dizer enervava, a ponto de não me alimentar direito nem dormir.

Fiquei com muita pena da minha esposa e dos meus dois filhos. Eles cuidavam de tudo sozinhos. E eu nada mais podia fazer, pois estava no hospital, vítima de uma doença, conforme dissera o médico.

Estava em coma e sentia uma sensação estranha. Dormia, acordava, mas não me mexia. Ouvia e via os enfermeiros, médicos e as visitas. Às vezes, via pessoas diferentes que me orientavam.

– Calma, Niquelino! Seu corpo físico está em coma e seu estado é grave. Ore, pense em Deus!

Conseguia fazer orações as quais havia decorado, e outras fazia como se conversasse com Deus. E ao Pai Celeste pedia pelos meus.

Não tinha medo. Sentia que todos me queriam bem. Escutei duas enfermeiras conversando.

– Será mesmo, Márcia, que as pessoas em coma ouvem o que conversamos?

– O doutor Cláudio acha que sim. Ele é espírita! Talvez seja por isso que ele é tão bondoso e caridoso. Conversa com os doentes em coma como se eles o escutassem.

– Acho que é por isso que o doutor Cláudio está sempre nos pedindo para termos pensamentos alegres, otimistas e tratarmos muito bem esses doentes.

De fato, doutor Cláudio – agora sabia seu nome – era muito simpático. Continuava falando comigo, incentivando-me a reagir.

Queria atendê-lo, mas não sabia como. Não queria morrer, queria ficar perto de minha família e ajudá-los a sair da situação difícil em que estávamos.

Quando de novo vi aquele senhor diferente, porque ele se erguia no ar como um balão, indaguei-o:

– O que faço para reagir como o doutor Cláudio quer?

– *Mantendo-se calmo e tranquilo.*

– Já estou – respondi.

– *Vamos aguardar. Tudo tem seu tempo* – respondeu ele tranquilamente.

Acho que piorei. Na visita, minha esposa chorou e meu filho me beijou muitas vezes.

Vi o túnel de novo, a luz, ansiei por ir para aquela claridade brilhante e fui. Aquele ser diferente me deu a mão e disse:

– *É tempo! Venha!*

Adormeci tranquilo. Acordei sem os aparelhos e virei no leito calmamente. Esforcei-me e consegui sentar-me na cama. Vi com clareza aquele senhor; estava sentado ao lado do meu leito, sorriu e me cumprimentou:

— *Bom dia, Niquelino! Como se sente?*

— *Saí do coma? O que me aconteceu?*

— *Niquelino, seu corpo físico não tinha condições de continuar no plano encarnado e você em espírito está aqui, entre nós —* explicou ele.

Fiquei quieto, pensamentos vieram e parecia que via o médico dizer que faleci, desligarem os aparelhos, meu corpo ser velado e o enterro.

— *Sinto-me bem —* respondi depois de alguns segundos. — *Estou confuso! Morri? E o que é morrer de fato?*

— *Os órgãos do corpo carnal param e esse falece. Nós continuamos vivos, somos espíritos e uma outra forma de vida nos é apresentada.*

Chorei.

— *O que irá me acontecer?* — perguntei emocionado, temeroso e ansioso.

— *Viverá de outro modo —* respondeu o senhor tranquilamente, tentando me dar segurança.

— *E os meus? Minha família? Que será deles, passávamos por grandes dificuldades.*

— *Passavam, disse bem, tudo passa... Não se preocupe com eles —* aconselhou-me o senhor bondosamente.

Mas me preocupei. Sentia-me bem, pelo que me falavam, estava em um posto de socorro na parte espiritual do hospital, onde estive em coma, sendo tratado com carinho. Mas achava que não merecia estar ali me sentindo bem e os meus com tantos problemas. Quis ir para perto deles; quis tanto que fui.

Não entendi como, num instante estava em casa.

Minha esposa e meus dois filhos já haviam resolvido quase todos os nossos problemas, não achei que foi da melhor forma. Na minha opinião, deveriam ter tentado sair do aperto financeiro.

Eles quitaram todas as dívidas entregando a nossa pequena fábrica aos credores e venderam até a casa onde morávamos. Chorei ao escutar de minha esposa:

— Foi melhor assim. Niquelino morreu de tanto se preocupar, e não quero que isso aconteça comigo ou com vocês. Você, meu filho, tem um diploma, conseguiu um emprego, será um bom funcionário e fará carreira dentro dessa empresa. Filhinha, você logo casará e irá ajudar seu marido na loja dele. Vamos mudar para aquele pequeno apartamento. Nossa despesa será menor, não precisarei de ninguém lá para me ajudar e estou pensando em voltar a costurar.

Fiquei pela casa, comecei a ter dores de cabeça, enjoo, muita tristeza e, às vezes, sentia-me perturbado, não sabia há quanto tempo estava ali.

Meu filho chegou à noite em casa com um livro e começou a lê-lo. Escutei-o comentar com minha esposa:

— Mamãe, esse livro é ótimo! É um relato de uma jovem que desencarnou, teve o corpo físico morto aos dezenove anos. Ela chama-se Patrícia e o livro *Violetas na janela* [1]. O que está escrito aqui vai ao encontro do meu raciocínio. Parece que sabia disso tudo, tinha esquecido e agora ao ler recordo-me. Ganhei-o de presente de um colega de trabalho. Ao me ver triste com a morte de papai, ele quis me ajudar me dando esse presente. Disse que esse livro iria me auxiliar.

As duas, minha esposa e filha, foram dormir, e meu filho ficou lendo, estava interessado. Fiquei ao seu lado.

— Papai! Meu pai! — disse meu filho baixinho. — Amo-o, quero que esteja bem e em paz aí no Plano Espiritual, numa colônia linda! O senhor deve estar pensando em nós, pois sempre nos amou. Mas não deve! Passamos por uma lição e estamos acertando. Sentimos sua falta, mas, como o amamos, queremo-lo feliz aí na espiritualidade! Receba meu beijo!

---

1 Nota da médium Vera Lúcia Marinzeck de Carvalho. *Violetas na janela*. Espírito Patrícia. Petit Editora.

Estalou um beijo com a boca. Levantou-se e foi para seu quarto.

Fiquei pensando. Eles me queriam bem e desejavam que estivesse feliz, e eu queria o mesmo para eles. Ali não era o meu lugar. Mas sim aonde meu filho queria que estivesse. Chorei e orei. Pensei naquele senhor que tanto me ajudara e ao qual nem agradeci. Acho que fiquei horas assim, orando, pedindo e chamando aquele senhor. E ele veio.

— *Vem, Niquelino!*

Voltamos ao posto de socorro. Senti-me diferente agora, tive a certeza da mudança de plano. Agradecido, paciente, tentei fazer tudo o que me recomendavam. Passei a receber pensamentos de incentivos de meu filho, da esposa e filha, que também leram o livro. Obedeci-os. Fui transferido para a colônia em que eles tanto queriam que estivesse. Encantei-me com tudo o que vi e recebi. Aprendi a viver desencarnado e passei a ser útil.

Atualmente, tenho permissão para vê-los. São visitas agradáveis. Eles se tornaram espíritas, passaram a ser mais tranquilos e esperançosos. Minha filha se casou, tudo deu certo para ela. Minha esposa e filho moram num apartamento pequeno, ele trabalha muito, está bem, e minha esposa costura e tem muitas freguesas. Estou feliz como eles queriam que eu estivesse.

Para mim, a desencarnação me pareceu natural, tudo transcorria bem, mas quis voltar para casa por me preocupar demais. Sei que errei em sair de um local de socorro sem permissão. Voltei porque quis muito e fui impulsionado pela vontade. Volitei sem saber e depois não soube retornar. Quando se está abrigado em postos de socorro, sair é mais fácil. Temos nosso livre-arbítrio para sair de locais de socorro, porque lá não se fica preso. Isso não ocorre para quem está preso no umbral, lá somente se sai pelo socorro. Poderiam ter ocorrido comigo muitos transtornos nesses vinte dias em que fiquei no meu lar terreno, porque lá estive sem preparo, conhecimento ou permissão. Poderia, sem querer, trocar energias com os encarnados, ou até sugá-los, vampirizar seus fluidos vitais, prejudicando-os. Poderia também acontecer de desencarnados mal-intencionados me pegarem e me maltratarem. Certamente iria me perturbar cada vez mais, ter dores atrozes, sentindo com intensidade os reflexos do meu corpo físico.

Ainda bem que nada disso ocorreu. Recebemos a graça de um presente. Foi pelo livro espírita que meu filho ganhou e leu que pôde compreender e agir diferente, fazendo-me querer o socorro.

Não é fácil deixar tudo o que amamos e julgamos ser nosso. Mas, querendo ou não, a desencarnação nos faz deixar. A resposta que obtive para: "E agora?" foi que a desencarnação é uma mudança e por ela defrontamos com uma continuação de vida totalmente diferente. Necessitamos de coragem e incentivo dos que amamos e, se isso acontecer, é como receber um empurrão, um alento que nos dá vontade de estar bem para agradá-los. Hoje, não tenho mais esse sentimento de apego nem me preocupo demasiadamente com minha família. Somos solitários, porém não devemos deixar de ser solidários. A vida continua...

Niquelino

Explicação de Antônio Carlos

Convidei Niquelino porque ele ficou em coma por cinquenta e dois dias. O coma não é sentido igual pelos que passaram por essa experiência. Para muitos, o espírito fica no corpo físico sem se afastar, sentem como se dormissem, não se recordam de nada.

Temos muitos relatos de pessoas encarnadas que saíram do coma, umas não se recordam, outras se lembram de muitos fatos. O mesmo se sucede com os que desencarnaram, alguns se lembram desse período e outros não.

O túnel e a luz podem ser também sintomas físicos, desligamento de células cerebrais. Nem todos os que desencarnam veem essa luz ou túnel, ou se veem não acham o fato tão importante, não lhes chama a atenção para mencionarem. Eu não me lembro nas minhas desencarnações de tê-los visto.

Mas também temos outra explicação para essa luz, ela pode ser amigos desencarnados que estão juntos nesse momento importante que é para os desencarnantes .

Muitos são desligados quando veem a luz, outros não, como vemos em muitos relatos. Niquelino a viu por duas vezes, na sala de sua casa quando apareceu o senhor citado, o socorrista, e quando desencarnou.

Niquelino, na U.T.I. do hospital, afastava-se do corpo, isto é, seu espírito, alma, ligado pelo cordão prateado ao corpo físico, via os encarnados que ali se encontravam e até alguns desencarnados. Tinha noção do que se passava ao seu redor. Isso ocorreu em alguns momentos e não o tempo todo.

Ele foi uma pessoa boa, caridosa, religiosa e muito honesta, teve por isso quem o auxiliasse e socorresse. O que aconteceu com ele ocorre com muitos. Sentindo que seus afetos queridos estão sofrendo, acham que é imerecido sentir-se bem. Niquelino resolveu ir auxiliá-los. Mas ninguém ajuda sem saber. Ele saiu do posto de socorro impulsionado por sua vontade forte e foi para seu lar terreno.

E, como muito acontece, um bom livro espírita auxiliou os encarnados, incentivando-os a ajudar o afeto desencarnado. Patrícia, a autora do livro que beneficiou a família do convidado, disse-me que o livro *Violetas na janela* tem ajudado muito mais os desencarnados, porque, quando os que estão no Plano Físico o leem, passam a incentivar seus afetos que foram para a espiritualidade, desejando que esses estejam bem, e muito os ajudam.

O grande problema de muitos desencarnados é a preocupação com seus bens, os materiais, ou com aqueles que amam. Como estão? Que irão fazer sem mim? Como deixá-los em dificuldades? São indagações que se resumem em: "E agora?". Em vez de pensarem neles, preocupam-se com os outros. Sofrem até que compreendem que todos os problemas se resolvem e que o amor continua.

Ser desapegado de bens materiais para pessoas que querem ser boas é mais fácil. Mas ser desapegado dos afetos é mais difícil. Devemos aprender a amar sem apego, pois é esse amor sem posse que é o verdadeiro.

5 - Preconceito

— O que será de mim quando morrer? Ai, meu Deus! — exclamei baixinho.

Estava num leito do hospital morrendo em consequência da Aids. Sofria com muitas dores, enjoos, tonturas e mal-estares. Meu corpo definhava e injeções, sondas me maltratavam.

Glorinha entrou na enfermaria com um vasinho de flores e uns pacotes de bolachas.

— Oi, Tonzé! Como está, José Antônio? — cumprimentou-me beijando-me.

— Mal, amiga. Acho que estou para morrer — respondi.

— Nem fale isso! Você viverá muito — disse animando-me.

Falou por minutos dando-me notícias de amigos e de pessoas conhecidas. Gostava de Glorinha. Prestei mais atenção quando me falou do orfanato.

— As crianças perguntam de você, do palhaço Ton. Quando lhes falei que estava doente, os pequeninos oraram para você se curar. Ontem fizemos uma festa para eles. Estou indo lá também às quartas-feiras para dar aula de reforço, faço o que você me aconselhou. Isso me faz muito bem. Pedi para a diretoria do orfanato me dar um emprego, e se isso acontecer não farei mais programas. Vou viver do meu salário, porém não terei mais dinheiro para comprar presentes para a garotada.

– Faça isso, Glória! Veja bem o que pode ocorrer com nosso corpo, não somos nada. Você não dará presentes, mas dará carinho, que para os órfãos é mais importante do que os objetos materiais.

Terminado o horário de visita, Glorinha foi embora e fiquei pensando. Tinha muitos amigos e eles vinham me ver, traziam mimos e agradavam-me, tentando me animar. Avisei meus parentes que estava doente. Tinha irmãos, sobrinhos, tios e muitos primos. Somente um irmão veio me ver. Lembrei-me com tristeza dessa visita; ele foi frio, discreto, cumprimentou-me sem me encostar.

– Boa tarde, José Antônio! Queria me ver?

Queria falar tantas coisas para ele, mas, diante de sua expressão de desprezo, disse somente:

– Queria lhe dizer que tenho um apartamento que está usufruto de você e dos nossos irmãos. Quando lhes avisarem que morri, venda-o e repartam o dinheiro.

– Você tem dinheiro em bancos? Está precisando de alguma coisa?

– Não, obrigado, tenho tudo o que necessito. Não tenho dinheiro em bancos, somente possuo o apartamento. Gostaria de saber da família, dê-me notícias deles – pedi.

– Estamos todos bem – respondeu ele. – Ainda bem que papai e mamãe estão mortos para não terem mais essa vergonha de saber que você morrerá de Aids por ser homossexual.

Virei o rosto e esforcei-me para não chorar. Acho que ele queria me dizer umas verdades segundo a opinião dele, mas teve o bom senso de se despedir e ir embora. Não tive mais nenhuma visita da família.

A enfermeira veio me medicar. Era atenciosa e delicada.

– Obrigado! – agradeci, tentando sorrir.

– Tratar de você é um prazer, José Antônio. É tão educado e não reclama. Acho que é por isso que tem tantos amigos.

Muitos dos meus amigos eram homossexuais, garotos e garotas de programa, mas também tinha muita amizade pelos companheiros de trabalho, com o pessoal do orfanato, vizinhos e proprietários dos locais em que fazia compras.

Não estava com vontade de ler e comecei a pensar na minha vida, em fatos que nesses anos tinham me acontecido. Não gostava de recordar o passado, mas não lutei com meus pensamentos, deixei vir as recordações.

– Homem não tem essa atitude! Vai levar uns tapas para aprender!

Meu pai me deu uma surra. E não podia chorar para não apanhar mais. E assim foi minha infância, surras de papai, mamãe e ironias dos irmãos e parentes.

– Você é menino! Não é mulher! Ponha isso na cabeça e aja como homem, pelo amor de Deus! Não nos envergonhe!

Não entendia o porquê das agressões. Agia com naturalidade. As surras me levaram a fingir, a tentar fazer coisas que meus irmãos e amiguinhos faziam. Mas era um desastre. Não jogava bem os jogos ditos masculinos, não gostava de brigar e fui me isolando. As meninas gostavam de mim e eu delas, como amigo, mas me era proibido ficar perto delas. Vivi a infância querendo fazer uma coisa e tendo de fazer outra. Percebi que queria ser menina. E como queria!

Estava sempre triste e infeliz. Era desprezado em casa, e, quando recebíamos visitas, tinha que me esconder, ficar no quarto, para não envergonhar a família.

Na adolescência foi pior. Passei-a isolado. Não podia ter amigas e os garotos corriam de mim. Meus irmãos me detestavam, pois quando brigavam na rua eram chamados de irmãos de marica e outros adjetivos depreciativos.

Comecei a orar para Deus me fazer homem mesmo. Então minha mãe me falava:

— Você não deve orar. É uma peste maldita! Sua prece ofende a Deus. Você pertence ao demônio!

De tanto me dizer isso, tinha receio de orar e ofender a Deus.

Um dia, ao voltar sozinho da escola, ouvi um chamado. Era um moço que se apresentou. Chamava-se Júlio. Convidou-me para tomar um café num barzinho em frente. Enquanto tomávamos o café, ele conversou comigo:

— Vejo-o sempre sozinho. Não tem amigos?

— Queria tê-los, mas não posso conversar com as garotas e os meninos fogem de mim.

— Por quê? Está doente? – perguntou Júlio.

— Acho que pior que doença é ser assim...

— Homossexual?

— Não o sou, acho que sou somente diferente – respondi, querendo chorar.

— Entendo-o. Embora eu não tenha sofrido tanto preconceito, sou como você e muitos outros.

Passamos a conversar sempre, Júlio me esperava no bar e ia encontrar com ele quando saía da escola. Ficamos amigos. Um dia, um dos meus irmãos nos viu. Em casa, apanhei dele, de mamãe, do papai, e fiquei marcado, muito machucado, deixaram-me de castigo, sem alimento. Dias depois, consegui sair de casa, quando mamãe foi fazer compras. Fui ao bar perto de onde morávamos e telefonei para o Júlio. Ele estava preocupado comigo e me convidou para ir morar com ele.

Fugi. O que me levou a sair de casa foi que, sem ter culpa, era a vergonha da família ou, como diziam, a infelicidade deles. Escrevi um bilhete explicando que ia embora e pedindo desculpas. Arrumei minhas roupas e saí antes de mamãe voltar.

Júlio morava em outro bairro, mas perto. Fui para o apartamento dele. Tratou-me como amigo. Ele tinha um bom emprego, morava num apartamento confortável. Transferiu-me de escola, passei a estudar à noite, e me arrumou um emprego. Éramos somente amigos.

Ele me ensinou tudo o que sabia. Indicava-me bons livros para ler, como deveria agir, falar, vestir e o que acontecia comigo. Conheci outros homossexuais e compreendi que outras pessoas sofriam como eu, passando pela mesma discriminação.

Escrevi muitas cartas aos meus pais, porém não foram respondidas.

Embora temeroso, um dia, em horário em que sabia que mamãe estava sozinha, fui visitá-la. Fui recebido friamente.

– Entre – disse ela –, não quero que o vejam aí na porta. Foi bom ter vindo.

Alegrei-me, para, em seguida, ter uma grande decepção.

– Aqui estão algumas roupas suas, quero que as leve. Como também quero que não escreva mais, não necessitamos de notícias suas, sabemos que mora com um homem. Por favor, se nos quer algum bem, vá para longe, onde ninguém o conheça e não nos venham dizer que o viram.

Quis dizer a ela que nada fizera de errado; porém, diante de seu olhar rancoroso e frio, nada disse, e mamãe continuou a falar:

– Você, José Antônio, é um perdido! Vai morrer e ir para o inferno, é lá o seu lugar. Deixou que o demônio tomasse conta de você, está perdido. Nós tentamos corrigi-lo, mas o demo foi mais forte. Quando morrer irá para o inferno queimar pela eternidade!

Saí de casa atordoado, sofri muito e voltei para o apartamento. Júlio me consolou.

Até então, nada fizera de errado. Não compreendia o porquê de sofrer assim, ser discriminado; chorei muito.

Júlio resolveu mudar; fomos morar num bairro bem longe do local onde meus pais moravam. Enturmamo-nos com outros homossexuais.

"Se vou para o inferno sem ter cometido pecados, então vou cometê-los" – pensei. – "Por certo não sou mesmo filho de Deus. Se fosse, por que Ele me fez assim?"

Tive amantes.

Estudei, cursei uma universidade e me tornei um excelente profissional.

Júlio adoeceu, cuidei dele com muito carinho, a família dele também o ajudou. Ele ia à igreja e orava. Um dia, com muitos amigos no apartamento, um deles me perguntou por que não ia a nenhuma igreja e não orava. Júlio respondeu:

– Tonzé – era assim que muitos dos meus amigos me chamavam – tem vergonha de orar, acha-se indigno.

– Você, indigno?! Nunca conheci alguém tão digno! Você é uma pessoa boa! Eu lhe devo uns dez favores. Acho que se alguém deve se envergonhar de orar são os hipócritas, os corruptos, os que tiram dos pobres. Se Deus o criou assim, não irá se envergonhar de você.

Sorri.

Com dinheiro honesto do meu trabalho, comprei um ótimo apartamento para onde Júlio e eu nos mudamos. Foi também nessa época que amigos me convidaram para visitar um orfanato. Aquelas crianças sem afeto me comoveram. Passei a visitá-las, vestia-me de palhaço para alegrá-las. Tornei-me um voluntário. Aprendi a disfarçar meu jeito feminino, não queria ser, na minha opinião, mau exemplo. Era bem remunerado. Do meu ordenado pagava nossas despesas, pois não quis que Júlio trabalhasse mais, o restante doava para o orfanato.

Júlio morreu. Foi muito triste nossa separação.

No local em que eu trabalhava, encontrei com um ex-vizinho, os pais dele ainda moravam perto dos meus. Ele me deu notícias. Meus irmãos haviam se casado, meus pais, já velhos, estavam doentes e necessitando de dinheiro.

Resolvi visitá-los. Receberam-me friamente. Ofereci ajuda.

– Trabalho, meu pai, sou honesto e bom profissional.

– Se não é dinheiro do pecado, aceito. Mas não venha aqui, mande pelo banco.

E assim fiz até que morreram.

Apaixonei-me. Tive então um relacionamento sério, ele era como eu, honesto, caridoso, trabalhador e ia comigo ao orfanato.

Descobrimos que éramos soropositivos. Ele adoeceu, e eu cuidei dele até quando piorou e sua mãe o levou para a casa dela. Essa senhora bondosa me tratava bem. Ele sofreu muito e depois morreu. Senti-me muito sozinho e não tive mais nenhum relacionamento.

Dediquei-me ainda mais às crianças do orfanato; elas me amavam.

– Fiz coisas boas também, não fui somente ruim! – falei baixinho.

– José Antônio, trouxe uma pessoa para vê-lo! – falou uma enfermeira sorrindo e me apresentando à visita. – Esse é o padre Luís; e esse é o nosso paciente favorito!

– Boa tarde!

O padre me cumprimentou sorrindo, respondi baixinho e abaixei a cabeça envergonhado. A enfermeira afastou-se e, após perguntar como estava, ao que respondi com monossílabos, ele me indagou:

– Não gostou da minha visita? Estou incomodando-o?

Senti-me envergonhado diante da presença de um sacerdote, pois achava ser um representante de Deus na Terra. Como não respondi, ele falou:

– Não se envergonhe por estar doente!

– Tenho Aids e a adquiri pela minha homossexualidade.

– Não vejo nada de errado em ser homossexual – disse ele.

– Mas tive parceiros!

– Não acha que já pagou por esse erro? Você está sofrendo! Por que não pede com sinceridade perdão a Deus por esses pecados já que reconhece que os praticou?

– Não tenho perdão! – falei, sentindo-me sufocado.

– Deus perdoa sempre! Agiu por acaso pior que um homicida ou ladrão? Forçou alguém a ter relações com você?

– Não senhor. Isso não fiz!

– Pode ter certeza que Deus o entenderá – afirmou o padre com convicção.

Tive vontade de contar a ele meus medos, mas estava me sentindo muito mal, a enfermeira teve de me colocar outra sonda para que respirasse e não consegui falar. O padre me abençoou e disse palavras de incentivo. Piorei, até que dormi tranquilo.

Acordei sem nenhuma sonda e respirando quase normalmente.

– *Bom dia, José Antônio! Como está você?* – cumprimentou-me uma enfermeira, que eu não conhecia, com alegria, parecendo-me que cantava.

– *Sinto-me bem! Melhorei, graças a Deus!* – respondi.

– *E vai melhorar ainda mais. Que tal tomar uma sopa?*

– *Obrigado. Mas será que consigo?*

– *Claro que sim!*

E foi me dando as colheradas. Na primeira temi não engolir, mas tomei toda, e me senti fortalecido.

Melhorei muito e senti-me aliviado pensando que certamente não iria morrer dessa vez. Ofélia, assim chamava a enfermeira, mimava-me, parecia adivinhar o que queria. E dias se passaram tranquilos. Ela me levava ao jardim, local onde gostei muito de ir. Mas essa bondosa senhora tinha uma conversa estranha, gostava de falar em morte, tema que me apavorava. Dizia que todos morrem, que entendemos erroneamente esse fato natural, que o inferno não existe etc. Não queria ser indelicado com ela e não queria falar desse assunto. Estava me recuperando e já não me sentia com o "pé na cova", como costumávamos nos referir aos doentes terminais. Decidi lhe pedir com carinho para falar de outras coisas.

Estava no jardim, sentado à sombra de uma árvore florida, quando senti que alguém me observava, olhei para a porta que dava para o corredor e vi um menino que, ao perceber que o vi, afastou-se.

"Aquele garoto parece muito com Aldo. Mas não é ele. Aldo já morreu! Não, não pode ser ele!" – pensei.

Quando Ofélia veio me buscar para retornar ao quarto, indaguei:

– *Ofélia, tem crianças internadas neste hospital?*

– *Como pacientes, não. Crianças aqui somente como visitas. Por que pergunta?*

– *É que vi uma criança, achei-a parecida com Aldo, um menino que conheci no orfanato e que teve câncer. Sofreu muito, coitadinho, e morreu* – respondi.

– *É que...*

– *Não me fale mais que todos morrem, por favor* – interrompi.

– *Está bem, vou falar de outra coisa. José Antônio, o que você faria para alguém que ajudou carinhosamente pessoas que você ama muito?*

– *Seria muito grato a ela e se pudesse ajudá-la faria com todo carinho e amor.*

– *Pois faço isso* – disse Ofélia.

– *Faz?*

– *Sim, a você.*

– *Como, se não a conheço?* – perguntei curioso.

– *Você ajudou meus filhos. Rogério e Aninha. Lembra-se deles?*

Lembrei-me. Rogério e Aninha eram internos no orfanato. Dois irmãos que se queriam muito. Sim, eu era amigo deles.

Incentivei-os a estudar, paguei para eles cursos de inglês, computação e profissionalizante. Quando Rogério fez dezoito anos, aluguei um apartamento pequeno para os dois, eles saíram do orfanato, continuaram a estudar e foram trabalhar. São excelentes pessoas, deram valor ao que receberam. Depois de algum tempo não precisei mais ajudá-los financeiramente, mas os visitava e os aconselhava. Os dois acreditavam que os pais haviam falecido. Olhei bem para Ofélia, ela não me pareceu ser capaz de abandonar os filhos.

— *Eles acham que você morreu!* — expressei-me decepcionado.

— *José Antônio, você está gostando daqui, melhora e faz sessenta e cinco dias que está conosco, e nesse tempo não tem recebido visitas de amigos. Sabe que está num hospital onde não se aplicam medicamentos dolorosos. Não lhe parece diferente?*

Ela tinha razão, mas, se melhorava, para que saber. Fiquei curioso ao escutá-la e indaguei:

— *Por que abandonou seus filhos?*

— *Não os abandonei! Eu os amo! Eu morri e você também! Pronto, disse!*

— *Uuu...*

Senti-me mal, com falta de ar e tremi de medo.

— *Calma, José Antônio! Tranquilize-se! Já faz dois meses e meio que morreu! Que desencarnou! Fique calmo!* — ordenou Ofélia.

Fui acalmando-me.

— *E agora?* — perguntei. — *Vou para o inferno? Vou queimar pela eternidade?*

— *Claro que não! Vai continuar sua recuperação até ficar sadio e depois irá aprender a ser útil na espiritualidade.*

— *Estou com medo!*

— *José Antônio, se você tivesse de ir para um local de sofrimento, já teria ido. Está aqui junto de pessoas que lhe querem bem. Aldo está ansioso para lhe dar um abraço.*

Com um sinal de mão, Ofélia chamou alguém. Vi Aldo sorrindo, vindo ao meu encontro. Se já não estivesse morto, certamente morreria de medo. Ao vê-lo, tive a confirmação de que ela não mentira. Ele me abraçou.

– *Palhaço Ton, que alegria vê-lo se recuperando.*

– *Aldo, morri! Que tristeza! Vou ser julgado por Deus e ir para o inferno.*

– *Chega, José Antônio!* – falou Ofélia enérgica. – *Se continuar falando assim, vou ficar brava com você.*

Aldo pacientemente me explicou que o inferno como eu acreditava não existia, mas sim lugares tristes para onde iam os que fizeram maldades. E que Deus não nos julgava, e não O víamos como uma figura, porque Ele é um espírito e está em todos os lugares e dentro de nós.

Fiquei com medo, e Aldo e Ofélia me tratavam com muito carinho. Compreendi que desencarnara e esforcei-me para me recuperar. Dias depois estava bem e não tive mais receio. Recuperado, fui para uma outra parte do hospital fazer um tratamento, não seria na espiritualidade um homossexual. Com estudo, entendi que espírito não tem sexo, mas que o ser masculino ou feminino deixa reflexo no perispírito, e ao nos livrarmos desses reflexos tornamo-nos somente seres humanos, é o que de fato somos.

Soube do meu passado, de minhas vivências anteriores para compreender por que fui homossexual. Queria muito reencarnar e o fiz sem preparo. Sentia-me ainda muito feminino, mas animei um feto masculino. Fora anteriormente muito preconceituosa, fiz por isso muitos sofrerem e infelizmente tive de aprender pela dor, sentindo o peso do preconceito para não o ser mais, aprendendo assim que somos seres humanos, filhos de Deus, criaturas rumo ao progresso.

Nesse curso que fiz, ouvi muitos relatos, fatos que levaram espíritos a reencarnar sendo homossexuais. Um senhor que participava disse-nos que na sua encarnação anterior fora uma mulher e ela e o marido assassinaram o filho por ele ser homossexual. E as causas são muitas. Benditos aqueles que não são promíscuos! Quando aprendemos a viver na espiritualidade sem os reflexos do corpo físico, não sentindo fome, sede, necessidade de dormir, também deixamos de nos sentir masculinos ou femininos, para compreender que somos espíritos, seres criados pelo Pai para sermos felizes. Podemos aprender pelo amor, e esses ensinamentos sempre nos são oferecidos e, quando recusados, a dor vem nos impulsionar na nossa caminhada.

O tempo passou rápido e fiz muitos amigos. Sou muito agradecido pelo socorro que recebi, quis ser útil. Trabalho não falta e o faço com entusiasmo e gratidão. Sou feliz!

José Antônio

Explicação de Antônio Carlos

Repito que ao desencarnarmos somente nos acompanham nossos conhecimentos e nossas ações ou atos, bons ou ruins. Aqueles que voltam sem eles retornam à pátria espiritual sentindo-se vazios, ocos, e essa sensação os faz sofrer.

O erro de José Antônio foi ser promíscuo e ele teve por consequência a Aids. Se assim não fosse, ele ficaria mais tempo no Plano Físico e certamente desencarnaria sem precisar sofrer tanto, doente. O que o padre lhe disse foi o que aconteceu, resgatou com a dor da doença seus erros.

E promíscuos são todos os que abusam, sejam homens ou mulheres.

José Antônio sofreu com o preconceito muito mais do que nos narrou. Preconceituosas são pessoas que não veem uma trave no seu olho[1], mas veem bem na do outro, atiram pedras esquecendo-se de que também têm vícios e pecam.

Esse convidado fez amigos, colecionou "obrigados" e "Deus lhe pague". E muitos que se sentiram beneficiados por ele foram sinceramente gratos e, quando ele necessitou, retribuíram.

As crianças do orfanato oraram por ele. Orações com gratidão produzem uma energia benéfica maravilhosa. Ofélia, uma mãe grata, tratou-o como filho do coração.

Nesse relato fica claro que a amizade é um tesouro e que o amor cobre multidões de pecados. Mesmo sem pedir socorro ele foi socorrido. Outros pediram por ele, que fez por merecer.

Amizade sustenta-se com compreensão e tolerância, e a fortalecemos quando fazemos aos amigos o bem carinhosa e espontaneamente, e que às vezes nem notamos.

Que bem precioso é a amizade!

---

1 N.da médium KARDEC, Allan. *O Evangelho segundo o espiritismo*. Capítulo 10, item 9.

6 - Ana Preta

Estava cansada. Sentia-me isolada. Há tempos que a maioria das pessoas não me davam atenção. Resmungava:

– *Deve ser porque sou negra, feia e desdentada! É por isso que as pessoas não conversam comigo. Devo também estar doente! Bêbada! Doente de tanto beber pinga!*

Não gostava de recordar o meu passado. Tive um lar até a adolescência. Minha mãe era empregada doméstica, cuidou de mim do modo dela e tive muitos padrastos. Com quatorze anos apaixonei-me por um homem de trinta anos que morava numa fazenda e fui embora com ele. Minha mãe chorou, pediu para não ir. Essa fazenda era longe e lá tive de trabalhar muito e cuidar dos filhos dele. Ele se embriagava e me batia. Um dia, fugi e voltei para a casa de minha mãe. Ela havia morrido e não encontrei mais nada dela. Sem ter onde ficar, fui para uma casa de prostituição. Não gostei e logo saí de lá com outro homem. Ele também se embriagava e motivou-me a beber. Viciei-me. Morávamos numa casinha, num bairro pobre. Ele, às vezes, trabalhava, mas bebia cada vez mais. Tive com esse homem três filhos. Ele não os quis, deixei-os no hospital para serem adotados. No terceiro parto, o médico me operou para não ter mais filhos. Esse meu companheiro morreu e desde esse dia tornei-me andarilha e tive muitos outros amantes. Todos, como eu, embriagavam-se. Quando mais jovem, até trabalhava de vez em quando, depois não conseguia fazer mais nada e passei a esmolar.

Vivia pelas ruas, passava às vezes dias sem comer. Pessoas generosas me davam roupas, alimentos e, quando ganhava dinheiro, comprava bebidas.

Bebia com amigos que agora não falavam mais comigo. Eu estava dormindo embaixo de um viaduto e comendo resto de lixo. As pessoas certamente cansaram de mim, nem respondiam quando lhes pedia esmolas.

Resolvi parar de me queixar e ir ao bar ali perto. Ia sempre lá; nem os frequentadores nem o dono conversavam comigo, mas me deixavam beber com eles.

— *Olá, Ana Preta! Vem cá, fique perto desse bebum e beba com ele.*

Às vezes, achava que estava enlouquecendo. A bebida estava me deixando doida. Via as pessoas diferentes, umas mais nítidas, outras nem tanto. Fiz o que o homem me aconselhou.

De repente, entraram umas pessoas no bar. Eram estranhas, amedrontaram a maioria. Estavam armadas com correntes e barras de ferro.

"*São bandidos!*" — pensei, e tremi de medo.

O mais estranho é que algumas pessoas que estavam no bar nem ligaram; pareciam nem percebê-los. Esses homens, com aparência de maus, olharam para todos os lados e pegaram um dos frequentadores.

— *Você vem! Terá de prestar conta ao nosso chefe!*

O coitado gritou, pediu socorro. Alguns estavam apavorados como eu, agrupamo-nos num canto, tremendo de medo, sem saber o que fazer. Os outros nem pareciam vê-los. Amarraram aquele que foram buscar com as correntes e saíram. Não quis beber mais e resolvi ir embora. Alguns pensaram como eu e saíram também. Um deles comentou:

— *Não temos segurança nem depois de mortos! Coitado do Joca, os maus o pegaram.*

No meu canto, embaixo do viaduto, fiquei pensando em tudo o que estava acontecendo. Há tempos não tinha companheiro, achava que era por estar doente e muito feia. A solidão me amargurava. Pensei no que aquele homem disse: "Não temos segurança nem depois de mortos!".

Não sabia orar, mas tinha fé em Nossa Senhora Aparecida, sua imagem era negra como eu. Estava inquieta sentindo falta da bebida, mas mesmo assim ajoelhei-me e pedi para Maria, mãe de Jesus, ajudar-me.

Lembrei-me de umas pessoas e resolvi ir até a casa delas esmolar, pois sempre me davam algo. Uma vez um dos meus companheiros me disse que elas eram espíritas e que viam e conversavam com os mortos. Para mim, eram bondosas.

Fui lá e fiquei parada olhando a casa. Uma senhora veio até mim e me indagou:

— *O que a senhora quer?*

— *A senhora me dará pinga se pedir?*

— *Não!*

— *Então quero algo para comer.*

— *Venha comigo. Vamos, o dono da casa e nós, a um local onde você receberá ajuda.*

Fiquei desconfiada, mas esperei. O dono da casa saiu e essa senhora me puxou pela mão.

— *Vamos, Ana Preta! Já é tempo de você compreender muitas coisas.*

Entramos em um local tranquilo. Senti-me bem, era limpo e algumas pessoas me cumprimentaram, outras pareciam nem me ver. Essa senhora me colocou junto de outras pessoas que, como eu, estavam desconfiadas.

Achei tudo muito bonito. Uma senhora alegrinha falou que devemos amar e pensar em Jesus. Um senhor falou bonito, mas entendi pouca coisa. Gostei mesmo foi das orações.

Percebi que as pessoas se diferenciavam umas das outras. Aproximei-me de uma moça que estava sentada, havia um grupo desses que achei diferente, sentados em volta de uma mesa.

– *Fale com eles, Ana Preta!* – pediu uma senhora.

Cumprimentaram-me e eu respondi. Como me deram atenção e me perguntaram como estava, falei de mim, da minha tristeza, solidão e acabei chorando.

Um moço que conversava comigo fez-me ver que, para se comunicar com eles, eu deveria falar e a moça que estava sentada repetia, porém ela não estava me imitando. Ele me pediu que prestasse atenção em nossos corpos e vi naquele momento que não éramos parecidos. Com delicadeza me explicou, até que compreendi, que há tempos meu corpo físico morrera.

Lembrei-me do acidente. Era de noite, estava embriagada, atravessei sem prestar atenção a rua e um carro me atropelou. Achei, naquele instante em que bati a cabeça, que dormi. Acordei embaixo do viaduto, não me lembrando direito o que acontecera.

Mas foi nesse atropelamento que desencarnei. Senti um medo terrível, dó de mim e indaguei:

– *O que será de mim agora?*

Diante daquelas pessoas soube, então, que alguns estavam encarnados e outros desencarnados. Todos, porém, eram bondosos e me ofereceram ajuda; tranquilizei-me e aceitei o convite para ficar com eles.

Fui levada a um hospital; tinha um forte reflexo do corpo físico, das doenças e uma vontade imensa de beber.

Havia bebido tanto na minha vida encarnada, viciando-me de tal forma, que para me livrar dessa vontade tive de fazer um longo tratamento. Nesse período em que estive no hospital, estudei e aprendi a trabalhar, fazendo limpeza no local que me abrigava.

Quando terminei o tratamento, pedi para ajudar as pessoas que se embriagavam. Foi-me explicado que não estava preparada para isso, que deveria fazer outro trabalho.

Fui ser útil na escola fazendo limpeza e me dei muito bem.

Hoje sou chamada somente de Ana e meu aspecto está bom: estou limpinha, sadia e alegre.

Até chorei de emoção quando o senhor Antônio Carlos me convidou para contar às pessoas o que senti quando desencarnei. Como narrei, no instante em que meu corpo físico morreu não senti nada, estava embriagada e fiquei por anos vivendo e ignorando esse acontecimento. Foi somente numa reunião espírita, de desobsessão, que vim a saber que mudara de plano e que necessitava aprender a viver na espiritualidade. Foi difícil para eu me livrar da vontade de me embriagar, mas quando pela compreensão livrei-me dos meus vícios, do reflexo do corpo físico, tornei-me muito feliz.

Ana

Explicação de Antônio Carlos

Ana foi, quando encarnada, uma andarilha que se embriagava. O choque foi grande no atropelamento e os órgãos de seu corpo físico pararam de imediato suas funções. No impacto foi desligada, isto é, seu espírito vestido do perispírito saiu do corpo carnal morto. Esse fato pode ocorrer com muitos indivíduos vítimas de choques violentos. Ela voltou para seu canto, sem entender o que lhe acontecera.

Achava que as pessoas não queriam conversar com ela, mas quando ia aos bares encontrava outros desencarnados, viciados na bebida. Iam vampirizar os encarnados que se embriagavam.

Desencarnados não bebem, não comem alimentos da matéria. Vampirizam, ou seja, sugam de quem come ou bebe, fluidos e sentem como se bebessem ou se alimentassem.

A cena do bar, descrita por Ana, aconteceu porque espíritos moradores do umbral vieram pegar um desencarnado que estava lá. Os desencarnados que vagam correm perigo de serem capturados e levados para o umbral e lá serem maltratados ou obrigados a trabalhar como escravos.

Quando Ana pediu ajuda, lembrando-se de Nossa Senhora Aparecida, foi instruída a procurar quem podia auxiliá-la. A senhora que ela viu na frente da casa era uma trabalhadora da espiritualidade e mentora do morador daquele lar. Ambos, a senhora e o encarnado, frequentavam um centro espírita, ao qual Ana foi levada. Lá ela recebeu a orientação de que necessitava.

Como o trabalho de desobsessão é importante! Como se faz o bem a tantos iludidos! Que esses trabalhadores continuem a realizar essa tarefa e, sempre, com amor e carinho. Lembrando: quem orienta não precisa, com certeza, de orientação, pois já foi instruído a respeito do assunto.

Vícios são adquiridos e quem se vicia torna-se dependente deles. Libertar-se, deixar de ser viciado, cabe à própria pessoa. Mas tanto encarnados quanto desencarnados recebem ajuda. Ana necessitou de uma terapia para se livrar do forte reflexo que tinha.

Realmente, ela não está preparada para ajudar pessoas viciadas. No Plano Espiritual existe cautela, e ela só estará apta a fazer esse trabalho quando provar a si mesma que tendo oportunidade não voltará a beber.

Infelizmente muitas pessoas iguais a ela passam anos enganando-se, iludindo-se e achando que estão vivendo na matéria densa, no corpo carnal.

Ela somente teve consciência dessa sua mudança quando compreendeu, pela orientação de um encarnado, num centro espírita, que seu envoltório carnal morrera, e aflita quis saber o que aconteceria com ela.

Ana somente sentiu-se viver novamente quando se livrou do vício.

7 - O presidiário

Nem todas as ações que consideramos prazerosas têm reações agradáveis!

Estava triste pensando nisso. Meu corpo físico havia morrido há dias. Sofri muitas dores, tive câncer nos rins. A falta de um diagnóstico mais detalhado, e de um tratamento, abreviaram minha estadia encarnado.

Estive preso em um grande presídio e continuei ali. Bastava subir uma escada, que antes não via nem sabia que existia, para estar numa outra enfermaria. Ainda me sentia adoentado, sem, porém, sentir as dores terríveis.

Acabrunhado, tentava disfarçar meu temor e me indagava: o que será de mim agora? Havia morrido e continuava vivo. Confuso, sem entender bem o que me aconteceu, vi por ali companheiros que também haviam falecido, e deles escutei:

– *Marcelão, a vida é assim mesmo, ora lá e ora cá!*

– *O corpo de carne morre e nossa alma vem para esse lado!*

– Alguns saem daqui e outros não! Não se aborreça e procure não se entristecer!

Apesar de ouvi-los, continuei triste porque ninguém sentira meu falecimento, nem fora ao meu enterro, e não recebera nenhuma oração.

– Venha, Marcelo, vamos para cima descansar!

Esse desencarnado que me falou era diferente, estava limpo e era agradável de se ver.

– Converse comigo – pedi *–, explique-me o que me aconteceu.*

– Marcelo, seus companheiros têm razão, seu corpo físico morreu, e quando isso acontece continuamos vivos, vivendo com esse corpo ao qual chamamos de perispírito. Muitos, quando isso acontece, saem do presídio e outros continuam, ficam aqui para aprender.

– Você é diferente! Esteve preso? – perguntei.

– Não! Não estive, quando encarnado. Estou aqui trabalhando, ajudando e aprendendo.

Fiquei alguns dias nessa enfermaria. Sentindo-me melhor, desci, e lá estavam meus companheiros que ficaram no corpo carnal. Percebi a diferença. Vi que a construção da enfermaria em que estava era espiritual, e os encarnados não a viam.

Estranhei muitas coisas. Muitos desencarnados estavam ali, alguns pareciam enlouquecidos, outros com ódio profundo dos encarnados que ali estavam, a eles ficavam unidos, permanecendo presos também. Outros, como eu, mudaram de plano e não sabiam o que fazer. E também havia desencarnados que eu sentia serem bons, que chamávamos de Anjos do Senhor ou de socorristas, estes auxiliavam a todos. Trabalho duro o deles!

Aproximei-me de um socorrista, que tentava cuidar de um encarnado que havia sido surrado. Ele me explicou:

– Como vê, nosso trabalho é difícil! Ele não está receptivo, isto é, vibrando bem para receber nossa ajuda. Está com raiva. Não tenho muito o que fazer. Outros encarnados poderiam ajudá-lo.

– *Você fica aqui o tempo todo? Ou pode sair?* – quis saber.

– *Não estou preso, trabalho aqui e posso sair. Todos os desencarnados que você vê neste posto têm liberdade de ir e vir. Vê aquele grupo? São desencarnados que vieram verificar se seus desafetos estão sofrendo. Outros aqui vêm para visitar, dar esperança aos entes amados.*

Uma senhora desencarnada aproximou-se do moço surrado e o abraçou.

– *É a mãe dele que está no Plano Espiritual; ela veio acalentar o filho* – explicou o socorrista.

O trabalhador afastou-se e eu fiquei olhando aquela mãezinha, em lágrimas, beijar e abraçar o filho. Ele nem percebia.

Não conheci minha mãe, fui criado pelo meu pai e minha madrasta. Era muito impulsivo, a mulher de meu pai aconselhava-me: – Marcelo, não seja assim! Você fica nervoso por qualquer coisa e agride. Um dia irá se arrepender.

Não parava em empregos, estava sempre brigando. Apaixonei-me e casei, tivemos dois filhos. Brigava muito com minha esposa e a surrava, arrependia-me e me desculpava. Ia a bares e bebia, mas não me embriagava. Um dia, no bar, numa briga, um homem sacou de uma faca e me feriu na perna, revidei, conseguindo desarmá-lo; matei-o. Arrependi-me, mas fiquei preso por oito anos. Nesse tempo recebi poucas visitas, soube que minha mulher arrumou outro marido e que meus filhos sentiam vergonha de mim. Desencarnei sozinho e abandonado. Não dei valor à família e fiquei sem ela.

Passei a ficar perto dos socorristas vendo o que eles faziam.

– *Marcelo, passe esse pacote! Venha me ajudar!*

Comecei a fazer pequenas tarefas e me senti melhor.

– *É ajudando que nos sentimos bem* – explicou um deles. – *Por que você não trabalha conosco? Sabemos que se arrependeu por ter assassinado uma pessoa. Pagou por isso e na prisão ajudava seus companheiros.*

Era verdade. Sofri muito quando fui para o presídio. Foi um horror. Briguei, bati, apanhei muito e aprendi a me controlar. Trabalhei na cozinha, na enfermaria e estava sempre consolando os que sofriam. E como se sofria ali.

— *Por que tenho de ajudar assassinos? Por que vocês os auxiliam?* — indaguei.

— *Marcelo, você se lembra da parábola do samaritano[1]? O que ajudou o ferido na estrada?*

— *Sim, lembro-me!* — respondi. — *Depois de alguns meses no presídio, passei a ler e a estudar a Bíblia com um grupo, e foi isso que melhorou meu caráter.*

— *Pois então* — explicou o socorrista —, *o "próximo", além do ferido, são os bandidos que o feriram. A Humanidade toda é nosso próximo. Não se consegue amar o Pai Divino se não amarmos nossos irmãos humanos.*

— *Quero trabalhar! Posso aprender com vocês a ajudar! Mas para começar vou auxiliar quem sei ser inocente. João da Pinha está aqui sem ser culpado.*

O socorrista sorriu concordando. Fui até a cela do João da Pinha.

Por causa de uma armação, ele, um inocente, estava preso. Ali todos o tratavam bem. Eu, quando encarnado, facilitava sua vida, dava-lhe até mistura da minha comida. Estive preso, mas era culpado, ele não.

Aproximei-me do João da Pinha e estranhei, ele tinha a mancha rubra que têm os homicidas. Fiquei observando-o. Examinei Jair, o companheiro de cela do João, que fora um ladrão hábil, ele não tinha o sinal de assassino. Cheguei perto do João da Pinha e escutei seus pensamentos: "Matei os dois e não me arrependo, devo continuar mentindo, vou acabar conseguindo sair daqui".

Fiquei muito surpreso. Acreditávamos que ele era inocente. Tanto que um dia reunimo-nos e pedimos para falar com o diretor

---

1 N. da médium KARDEC, Allan. O Evangelho segundo o espiritismo. Capítulo 15.

sobre a injustiça que estava sendo feita ao João, pois ele era inocente.

E ele não era! Decepcionado, corri até o socorrista.

— Ele não é inocente! Matou mesmo sua mulher e seu sócio.

— Ele também necessita de auxílio! — exclamou o socorrista. *— Uma ajuda diferente. Tente fazê-lo pensar que erra em continuar mentindo e em querer que um inocente seja preso. Marcelo, aqui há presos que não cometeram os crimes dos quais foram acusados, mas não há inocentes.*

Não me aproximei mais dele, estava decepcionado. João da Pinha, meses depois, saiu do presídio.

Eu fiquei ajudando os socorristas.

— Esse é inocente! — exclamei. *— Bandidos armaram para ele!*

— Na outra existência ele cometeu um crime e não foi preso.

— Por isso que vocês dizem que aqui não há inocentes! Ainda bem que paguei pelo meu crime.

Um socorrista me levou para ver meus filhos. Chorei de emoção, eles estavam estudando, eram boas pessoas, tratavam o padrasto como pai, e o companheiro de minha ex-esposa gostava deles. Agradeci o homem que ficou em meu lugar. Senti-me bem com esse gesto.

Quando voltei, o socorrista responsável pelo trabalho no presídio, um senhor que orientava a todos, foi conversar comigo.

— Marcelo, agiu bem, sua atitude diante de sua família foi correta. Também estamos satisfeitos com seu trabalho. Você está apto a conhecer outros lugares e a estudar. Quer ir para uma colônia espiritual?

Já ouvira os socorristas comentarem sobre as cidades da espiritualidade. Pensei na proposta e achei que não saberia me comportar, dei minha resposta:

— Acho que ainda tenho muito que aprender para ir morar em uma colônia. Quero ficar mais tempo aqui!

— Então fique como socorrista!

Alegrei-me, senti-me orgulhoso e passei a ser um socorrista. Ajudava meus ex-companheiros e os que desencarnavam ali.

Dez anos se passaram. Vi, no presídio, muitas coisas. Prisões são lugares de resgate, deveriam ser escolas que educam. Muitos presos melhoram através de lições dolorosas. Outros pioram, revoltam-se, desesperam-se, odeiam e aprendem lições que os tornam piores e capazes de cometer outros crimes. Todos são carentes de conselhos bons, ajuda e orientação.

Senti necessidade de estudar e fui para uma colônia. Adquiri muitos conhecimentos nesses anos em que estive trabalhando com os socorristas no presídio. Mas havia muita coisa para ver e conhecer.

Aprendi pela dor a me conter, a não ser impulsivo, a não deixar a raiva me dominar. Poderia ter aprendido pelo amor, pelos conselhos. Atualmente sou calmo, modifiquei-me, e isso ocorreu quando comecei a me preocupar com o próximo e passei a ser mais caridoso.

Tenho muitos planos: quero trabalhar aqui na espiritualidade em vários lugares e conhecer as muitas formas de auxiliar com conhecimento. Só depois pedirei para reencarnar.

Quando não se tem a consciência tranquila, a morte do corpo físico nos dá muito medo e insegurança. Temerosos indagamos: "E agora?". Mas a vida continua e sempre encontramos quem nos auxilia. Somente nos sentimos bem quando passamos a ser úteis.

Encontrei com a pessoa a qual assassinei. Tornamo-nos amigos. Compreendemos que nós dois erramos. Ele me falou que ao desencarnar sofreu muito e teve raiva de mim. Depois compreendeu que ele também errara, então perdoou, pediu ajuda e foi socorrido. Com o perdão a mancha rubra sumiu de mim.

Bendito o perdão!

Marcelo

Explicação de Antônio Carlos

Aqueles que têm percepção de ver enxergam tanto encarnados como desencarnados envolvidos por cores. Refletimos na aura o que somos de verdade e as cores indicam o que pensamos, o que fazemos etc. Pessoas boas refletem cores claras e brilhantes, parecendo luzes. Por isso que santos são vistos, foram e são pintados envoltos por luzes ou auréolas nas cabeças. Os viciosos e os que se entregam aos sentimentos fortes irradiam cores escuras e acentuadas.

Dizem que os assassinos têm sangue nas mãos. Não nas mãos do físico, pois essas são lavadas e ficam limpas, mas nas mãos perispirituais, e para limpá-las são necessárias lágrimas de dor ou um trabalho edificante. Assassinos são vistos também envoltos de um vermelho forte principalmente nas mãos, como já disse, e na cabeça. Para Marcelo, essa era a marca dos homicidas. Não deixa de ser, porque no Plano Espiritual não tem como mentir, enganar, não há como disfarçar o que somos.

Marcelo também tinha a sua aura rubra, até que se reconciliou, sentindo-se perdoado, não só pelo outro, mas por si mesmo. E essa cor forte desapareceu nesse convidado quando ele passou a fazer o bem. Com seu trabalho de ajuda diário, a marca foi clareando e a cor rubra foi enfraquecendo até que sumiu, dando lugar a outra mais clara, a do aprendizado, da caridade e da compreensão.

Em todas as prisões há equipes de socorristas e em quase todas existe um posto de socorro onde trabalhadores do bem têm um lugar para ficar e enfermarias que auxiliam os que lá desencarnam.

Dos que tiveram o corpo físico morto em prisões, alguns vão para o umbral por serem afins, ou para continuarem presos pelos desafetos. Outros são socorridos e levados para colônias, e há os que saem e vão para os antigos lares ou ficam a vagar. A minoria, como Marcelo, é orientada ali mesmo pela equipe de trabalhadores. Com o tempo, essa pequena parcela de ex-presos passa a aprender a realizar tarefas, ficando sob a orientação de socorristas mais experientes. Isso para compreender que é ajudando que se recebe ajuda. Quando passam a gostar do trabalho lhes é oferecido estudo para conhecimento do Plano Espiritual.

Preso cumpre pena, paga pelo crime sendo privado de sua liberdade. Muitos dos que foram presos pagam realmente, isto é, resgatam pela dor os erros que cometeram. Mas somente se livram das cores fortes dos vícios os que se arrependeram, pediram perdão e perdoaram sinceramente.

Todos nós, onde quer que estejamos, podemos ajudar o próximo. Mas há tarefas que requerem muito boa vontade, amor e dedicação, como o trabalho dos socorristas que servem no umbral, local onde há guerras, torturas, e nas prisões.

Tenho muita admiração por esses abnegados trabalhadores, desconhecidos dos homens, mas conhecidos de Deus.

8 - O suicida

Estava muito preocupado e não me sentia bem. Dava muita importância ao dinheiro, colocando-o em primeiro lugar na minha vida, e com sua escassez ficava nervoso e inquieto. Nada mais tinha valor para mim; o resto era secundário e isso também não estava bem.

Minha filha me disse ao me ver preocupado:

– Papai, diga para nós o que o está aborrecendo tanto! Sinto-o nervoso e percebo que está triste.

– Não é nada, filhinha. Deve ser somente uma indisposição.

– Acho, pai – opinou meu filho –, que estamos gastando muito dinheiro. Talvez deveríamos adiar nossa viagem ao exterior.

– Vocês, meus filhos, merecem essa viagem! – exclamei.

– Filhos – disse minha esposa –, deixem seu pai em paz. Sei bem o que está se passando. José, com certeza, está tendo um relacionamento com outra mulher e sua consciência deve estar doendo. E você, meu filho, não se preocupe com a viagem. Se ele gasta dinheiro com mulheres, é justo que gaste conosco.

— Não tenho amantes! — repliquei em tom cansado.

— Papaizinho, se o que o preocupa é grave, temos de saber.

O telefone tocou e minha filha correu para atender esquecendo-se de mim.

Quase contei a ela. Fiquei ali na sala, esquecido por eles. Pensei pela milésima vez no que ia fazer.

Ia à igreja, porém agora compreendi que tive o título de religioso, mas não o fui realmente. Não tinha religiosidade dentro de mim. Achei, naquele momento, que a igreja que frequentava não podia fazer nada por mim.

Tinha uma pequena indústria e poderíamos viver de sua renda se não fôssemos tão esbanjadores. Não conseguia negar nada aos meus dois filhos.

Anos antes, traíra minha esposa; não foi nada sério, porém ela descobriu, ficou sentida e passou a gastar muito. Achava que se não sobrasse dinheiro eu não iria gastar com outras. Para não abaixar nosso padrão de vida, fiz empréstimos. Um dia, um amigo pediu-me um dinheiro emprestado e o fiz com juros mais altos do que os bancários. Julguei que achara uma forma de ter mais rendimento. Pegava dinheiro de pequenos poupadores a uma taxa de juros baixa e emprestava com juros mais altos. Fiz isso por anos. Mas houve mudanças financeiras do governo, tive prejuízo e gastos mais excessivos em casa. Minha dívida estava imensa e não tinha nem como pagar os juros. Era tão crítica minha situação que nem vendendo a casa na qual morávamos e a fábrica não quitaria a metade da dívida.

Pensava nas pessoas que confiaram em mim, que deixaram suas economias comigo.

"São ambiciosas!" — justifiquei. — "Seria mais garantido para eles colocar o dinheiro em bancos, mas quiseram ganhar mais, e vão perder."

Por mais que pensasse, não achava solução e não tinha coragem de dizer à família a dificuldade pela qual passávamos.

"É melhor acabar com tudo! Não aguentarei passar pela vergonha de estar arruinado e pela miséria."

Pensando somente em mim, planejei com detalhes meu suicídio, marquei até a data. Na véspera, quis que minha esposa fizesse um jantar especial. Conversamos normalmente, disfarcei minhas preocupações.

Seguindo meu plano, entrei no escritório de nossa casa e dei um tiro no ouvido.

Não morri! Meu corpo físico sim; com o ferimento mortal, os órgãos findaram suas funções. Meu espírito, que não morreu, ficou grudado no corpo carnal. Confuso, com muita dor, vi tudo o que se passava.

Soube que havia morrido pelas conversas que ouvia, pelo choro de minha filha e pela confirmação do médico.

Foi horrível! Minha esposa, que já não me amava mais, sentiu mágoa e raiva. Somente meus filhos sofreram, eles não conseguiam entender o porquê do meu ato. Foi no velório que um amigo disse a minha mulher:

– Acho que José se matou porque tem muitas dívidas!

E algumas pessoas não tiveram nem compaixão; indagavam para minha esposa e filhos sobre o dinheiro deles.

Deitado dentro de um caixão, sentia frio, sede e uma dor alucinante, como também a raiva de algumas pessoas.

Apavorei-me, queria morrer mesmo, mas isso não ocorreu: continuava vivo sabendo que já estava morto. As pessoas da religião que seguia tinham razão, sobrevivemos à morte do corpo físico.

O desespero foi maior no enterro! Fiquei ali, no escuro, sentindo horrorizado frio e dor.

– *Covarde!* – falou uma voz, xingando-me. – *Você pegou emprestado dinheiro de minha mulher. A coitada vai passar por dificuldade por sua culpa. Por que não foi honesto? Se sabia* que não iria conseguir pagar, por que fez esse empréstimo? Por que você não ficou encarnado e tentou resolver a situação?

— Você transgrediu uma Lei Divina: "Não matarás!". Suicidou-se e agora irá sofrer! — alertou outra pessoa.

— Ficará sozinho aí no escuro, mas ouvirá o que as pessoas pensam e acham de você! — determinou outra voz.

Afastaram-se e fiquei ali, dentro do túmulo, no caixão. Fui piorando. Além de continuar sentindo dores, o barulho do tiro soava na minha cabeça e os vermes começaram a me comer. Que padecimento atroz!

E aquelas vozes tinham razão, escutei pessoas dizerem que merecia estar no inferno. Outros me cobravam o dinheiro que lhes devia. O pior foi a minha família. Minha esposa me maldizia por deixá-la em situação difícil. Até meus filhos indagavam o porquê de não ter dito a eles sobre a nossa falência, de ter me suicidado, fugido do problema e deixado para eles resolverem.

Venderam todos os bens que possuíamos: a casa, a fábrica, e até os móveis do nosso lar. Pagaram um pouco para cada um dos credores. Mudaram de cidade. Como me foi explicado, eu soube de tudo o que ocorria com eles porque sentia os pensamentos deles. Meus filhos arrumaram emprego e residiam num apartamento pequeno. A família de minha esposa os ajudou. Não me perdoaram e tinham mágoa de mim.

A dor era tanta e o horror de ficar na escuridão era imenso, eu dava gritos alucinantes. Seria deprimente descrever tudo o que sofri. O tempo foi passando e o fato foi sendo esquecido.

Um vulto começou a me falar com sua voz calma:

— José, peça perdão! Arrependa-se! Deus nos perdoa sempre!

— Mas os que prejudiquei não me perdoarão!

— Acabarão por esquecer!

Às vezes sentia-me enlouquecido, outras, raciocinava entendendo tudo. Já não gritava, gemia. Um dia, aquele vulto me tirou do túmulo, do caixão e me levou para um outro local: o Vale dos Suicidas[1]. Ali fiquei num canto, triste, vendo muitos sofrerem como eu. Padecíamos juntos. Naquele local, para mim mais sossegado, pensei no que fiz e me arrependi. O remorso dói e, aos poucos, a dor desse sentimento tornou-se maior do que as outras que sentira. Se pudesse voltar no tempo, com sinceridade não me suicidaria, não seria covarde abandonando os problemas e prejudicando minha família com meu ato abominável.

Muitos anos se passaram. Fui socorrido. No hospital para onde fui levado não senti mais dores no ferimento, frio, fome ou sede, somente permaneceu a dor do remorso.

Quis me recuperar, esforcei-me para isso e fui melhorando gradualmente. Sentindo-me melhor, fui estudar para aprender a viver desencarnado e para ter amor à vida em todos os seus estágios.

O tempo passou, poucos se lembram de mim e, entre eles, somente alguns guardam mágoa.

Minha ex-esposa casou-se de novo, não gosta nem de se lembrar de mim, acha, e com razão, que a fiz muito infeliz, que pelo meu suicídio passou muita vergonha e foi humilhada. Ainda não me perdoou.

Meus filhos me acham covarde, ficaram sentidos com minha atitude, mas me perdoaram. Lembram-se muito pouco de mim e quando o fazem me tacham de infeliz.

Tento esquecer o sofrimento pelo qual passei por minha própria escolha, mas não é fácil, esses acontecimentos me marcaram muito. Se me lembro do momento que desencarnei, escuto o tiro, sinto a dor e choro.

Estou abrigado em uma colônia que socorre suicidas. Tenho por tarefa ajudar os recém-chegados a esta casa de caridade.

---

1 N.A.E. Vale dos Suicidas são lugares situados no umbral onde suicidas são agrupados. É um local de sofrimentos, em que a permanência depende deles próprios, do arrependimento de cada um.

Tenho escutado muitos relatos. Desertar da vida física é um erro e as reações não são iguais para todos. Eu sofri muito porque, além de suicidar-me, planejei e agi friamente. Muitos agiram pior do que eu e sofreram bem mais. Outros tiveram atenuantes, agiram num impulso, estavam doentes ou obsediados. Alguns se arrependeram com sinceridade logo após terem cometido esse ato tresloucado, outros não.

Pela justiça divina, um suicida não sofre igual ao outro. Cada caso é um caso, analisado com carinho por dedicados socorristas que trabalham auxiliando-os.

Para mim, o depois da morte física foi um horror, desespero e muito sofrimento. Aceitei o convite de vir contar o que me aconteceu, na esperança de que meu relato possa levar pessoas a refletirem e abolirem a vontade de se matar. Não vale a pena fugir de um dos nossos estágios da vida. Vivos sempre estaremos, porque não se mata a alma.

Anseio por reencarnar. Mas tenho de esperar pela oportunidade, pois esta que tive desprezei.

Gostaria de ser perdoado por todos a quem prejudiquei. Estou dando muito valor ao perdão. Aquele que perdoa é nutrido pelo sentimento maravilhoso do amor. Também estou aprendendo a ser grato e quero agir de tal forma que venha a receber a gratidão de muitos.

Que Deus nos abençoe!

José

Explicação de Antônio Carlos

O Plano Espiritual é imenso. A espiritualidade que envolve a Terra é talvez do mesmo tamanho dela. E nesse plano temos o umbral, local de moradia de imprudentes, dos que se negam a seguir os mandamentos e os ensinos de Jesus. Temos lugares de socorro, colônias e postos, onde são abrigados os que sofrem e querem se modificar, e nesses abrigos moram os que querem fazer o bem, aprender, conhecer a verdade, progredir e os que se preocupam com os que sofrem.

As estatísticas nos informam que temos muitas mortes por suicídio, muitos matam seu próprio envoltório físico.

José narrou-nos o que aconteceu com ele. Para não ficar extenso o relato nem muito triste, não nos descreveu nem um quarto do seu sofrimento. As vozes que primeiramente escutou eram de desencarnados que se sentiram prejudicados por ele. O vulto que tentava ajudá-lo foi de um socorrista que auxiliava desencarnados que sofrem em cemitérios. Nem todos escutam vozes ou sabem o que ocorre com a família encarnada. Muitos se perturbam tanto que não têm condições de receber pensamentos dos encarnados. Mas todos recebem o benefício das orações.

De fato, na espiritualidade não existe regra geral, fez isso e pagará assim... Mas há algumas regras que são seguidas. Os suicidas aqui da espiritualidade ficam separados, quase sempre, dos demais. Alguns ficam no umbral, onde existem numerosos locais que são chamados de Vale dos Suicidas, e que alguns denominam de Inferno dos Suicidas e de muitos outros adjetivos. São lugares onde ficam temporariamente esses desertores do Plano Físico. Quando são socorridos normalmente são levados para colônias apropriadas a eles, há muitas espalhadas pelo Brasil e pelo mundo. Nesses abrigos existem alas para jovens separadas dos adultos. Lá eles recebem tratamentos especiais e muito amor. São convidados a estudar, a fazer cursos que os incentivam a amar a vida que nos é dada pela graça e pela bondade de Deus.

Muitos ex-suicidas, pelo trabalho abnegado de socorristas, recuperam-se; outros, pelo remorso destrutivo que sentem, não conseguem melhorar e a reencarnação para eles, além de ser uma bênção e graça, é também remédio para seu atormentado espírito.

Muitos como José têm consciência de seu erro e estão dispostos a agir acertadamente. Recebem recomendações para se prepararem bem antes de reencarnar, isso para que, ao voltar ao Plano Físico, o façam com segurança.

Não é para sempre o sofrimento de um suicida nem de forma parecida, mas o padecimento é grande.

José tem razão por ansiar pelo perdão. Devemos perdoar a todos, pois somos carentes de perdão. Familiares e amigos de um suicida devem perdoá-lo e desejar que esteja bem.

Aquele que perdoa ama, e o amor é o sustentáculo de nossa vida.

José estava presente quando fiz essa explicação e ele me indagou:

— *Antônio Carlos, o que acontece com terroristas suicidas na espiritualidade?*

Respondi a ele e resolvi colocar a resposta aqui, para concluir o assunto sobre suicídio.

— A maioria desses suicidas que são tachados de terroristas são idealistas, lutam por uma causa que julgam ser justa. São fanáticos e erroneamente acham essa atitude certa. Não agem como suicidas normais que querem desertar da vida física. Eles querem continuar a viver, acreditam na vida no Além, tanto que esperam recompensas. Sentem-se heróis e corajosos." Mas, em todas as religiões e dentro de nós, há preceitos de bem viver e um deles é: 'Não matarás!'

"Leva-se em conta, na espiritualidade, a educação que receberam e o motivo. Normalmente a intenção deles é matar o próximo em vez de si mesmo. O suicídio é uma consequência.

"Existe o erro e sofrerão por essa atitude errada, terão a reação dessa ação imprudente. Eles sofrem mais com a decepção de não ser o Além, o Plano Espiritual, como eles acreditavam. Padecem mais por serem homicidas do que suicidas."

9 - O vestido vermelho

Tudo mudou. Saí de um lugar sem entender como e fui parar em outro muito confortável. Passei a ser tratada com carinho.

– *Venha sentar-se aqui, Júlia. Veja que flores lindas! Mas não pode pegá-las.*

Ri e peguei uma. A enfermeira veio rápido até mim e disse enérgica:

– *Por que a pegou? Não recomendei para não colocar as mãos nelas?*

Ela não me castigou. Fiquei um pouco envergonhada e fui sentar num banco. O médico aproximou-se, não gostava deles, mas esse era diferente, não mandava me dar nada que doía.

– *Júlia, você quer alguma coisa?*

– *Meus dentes* – respondi e gargalhei.

Gostei da minha resposta, quem mandou ele perguntar. O médico sorriu, esperou que parasse de rir e disse:

– *Você ficará bem melhor com seus dentes sadios. Venha comigo!*

Fiquei com receio, mas fui, pois aprendi nos anos em que estive em hospitais que quando queriam nos levar a algum lugar era melhor ir, porque senão nos levavam à força. Atravessamos alguns corredores. O médico conversou com um outro, que me pediu para sentar numa poltrona confortável.

– *Abra a boca, Júlia! Vamos fazer nascer em sua boca dentes sadios.*

Abri com medo. Ele examinou e mediu minhas gengivas. Senti os dentes na minha boca.

– *Pronto, Júlia, olhe-se no espelho. Aí estão seus dentes bonitos e sadios.*

Olhei e assustei-me. Minha boca que antes era banguela, porque os dentes cariados foram extraídos, agora estava com todos os dentes sadios e realmente lindos.

– *Como fez isso? Eles saem?* – indaguei.

Puxei-os com força e não saíram. Estava com os dentes sem cáries e perfeitos.

– *Eles são seus e não saem. Plasmei-os para você. Está contente?*

– *Acho que estou num hospício diferente; aqui até os médicos são loucos!* – exclamei. – *Estranho! Estou falando frases longas e com facilidade. Será que estou melhorando?*

– *Claro que está!* – respondeu ele. – *Não sou médico, sou dentista, ou exerci essa profissão quando encarnado. Aqui estou aprendendo muito. Você quer mais alguma coisa, Júlia?*

– *Vocês dão de graça? Não tenho dinheiro para pagar meus dentes.*

– *Aqui tudo é gratuito* – afirmou ele.

– *Se puder, quero meus cabelos compridos!*

Quando menina, e depois quando mocinha, usava cabelos compridos, depois no hospital cortaram-nos curtinhos; diziam que era para ficar mais fácil mantê-los limpos. Chorei muito quando os cortaram. E nunca mais deixaram crescer; ultimamente os cortavam tão curtos que parecia corte masculino.

O dentista sorriu, puxou-me pela mão e atravessamos outros corredores.

– *Aqui* – explicou ele – *é a sala da diretoria. E essa é Isabelle. Vou dizer a ela sobre seu pedido.*

Isabelle, uma mulher muito bonita, abraçou-me.

– *Faço o que você quer num instante.*

Passou a mão na minha cabeça.

– *Veja se está bom desse tamanho!*

Olhei-me no espelho de novo; espantei-me. Meus cabelos estavam abaixo dos meus ombros e de tom castanho-escuro como era na juventude, pois atualmente estavam embranquecidos. Passado o susto, puxei-os com força. Não saíram, foram os meus mesmos que haviam crescido.

– *Gostou?* – Isabelle perguntou sorrindo, contente diante da minha alegria.

– *Será que não dá para deixá-los um pouco mais lisos?*

Isabelle sorriu, passou as mãos neles novamente e ficaram como desejei.

– *O que mais você quer, Júlia?*

– *Será que não estou abusando? Não! Queria tanto vestir uma roupa feminina. Um vestido vermelho com renda na frente, colocar um sapato preto com saltinho. Nem sei quanto tempo faz que uso somente esse uniforme do hospital.*

– *Deixe-me ver* – Isabelle leu uma ficha –, *de fato faz tempo mesmo, quarenta e dois anos que você vive em hospitais. Merece o vestido e o sapato. Acho que tenho um que lhe serve.*

Isabelle entrou em outra sala; aguardei alguns minutos, passando as mãos ora nos meus dentes novos, ora nos meus cabelos. Estava encantada.

– *Aqui estão! Gosta? Venha aqui e troque de roupa.*

Maravilha das maravilhas! O vestido e os sapatos serviram em mim. Eles eram como eu sonhava.

– *Obrigada!* – exclamei felicíssima.

Quis beijar a mão dela, mas Isabelle emocionou-se e me deu alguns beijos no rosto e uma caixa de maquiagem. Como uma menina feliz com o presente, aproximei-me do espelho, passei batom e depois esmalte nas unhas. Estava tão feliz que pedi a Deus que, se fosse um sonho, não me acordasse. Isabelle me deu também o espelho, e disse que poderia voltar ao jardim.

Fui caminhando, rindo e me admirando. Batia o salto do sapato no chão e ouvia o barulho como um lindo som. Passava as mãos na roupa, sacudia a cabeça para meus cabelos balança-rem. Sentei num banco e sorria diante dos elogios. Naquela noite dormi com o vestido. Foi no outro dia que comecei a achar esses acontecimentos estranhos, e fiquei pensando:

"Por que será que esse hospital é assim? Posso estar louca, mas eles devem estar mais. Não! Eles não estão doentes e eu sinto que melhoro a cada dia".

A enfermeira veio ver se queria alguma coisa e pedi a ela:

— Quero consultar-me com o médico! Por favor, marque uma consulta.

— Está sentindo alguma coisa? Dor? — perguntou ela solícita.

— Não — respondi —, *mas preciso falar com ele.*

Ela se afastou e logo em seguida o médico veio e sentou-se ao meu lado.

— Oi, Júlia! Pode falar. O que quer?

— Sou louca! — exclamei. — *Fiz muitos tratamentos. Não sarei! Estou internada há muitos anos. Isabelle me disse que faz qua-renta e dois anos. Desde os meus dezesseis anos, quando tive uma crise séria, não saí mais do hospital. Minha mãe ia me ver, e, depois que ela morreu, recebi algumas visitas dos meus ir-mãos; logo, todos esqueceram de mim. Sei que falo coisas que ninguém entende, outras vezes digo impropérios sem querer, outras falo porque quero. Não queria ser doente! Queria sarar! Quero que o senhor me explique o motivo de estar sendo bem--tratada e por que estou melhorando. Não me lembro, nesses*

anos todos, de ter falado tanto como agora. E parece-me que não estou falando bobagens.

O médico sorriu, pegou a minha mão com carinho e tentou explicar:

– Você, Júlia, ficou muito bonita com este vestido vermelho! É linda! Vou tentar esclarecer suas dúvidas. Nós nascemos, encarnamos, crescemos e um dia o corpo físico morre e nós, espíritos, passamos a viver de outro modo, desencarnados. Júlia, você teve um corpo carnal doente, sofreu muito, e um dia ele morreu e você veio para a espiritualidade.

Não entendi de imediato, ele precisou explicar-me muitas vezes que estava vivendo agora no Plano Espiritual.

A desencarnação para mim foi uma libertação onde deixei o corpo físico enfermo e passei a viver sadia e feliz.

Saí do hospital, o médico achou que já vivera por muito tempo nesse tipo de ambiente. Fui morar com quatro senhoras e uma delas ficou comigo até eu me recuperar. Gostei demais de morar numa casinha, e a nossa era linda. Lar é uma preciosa bênção! Ganhei outros vestidos e sapatos. Encantei-me com eles. Passei meses dando importância à vestimenta. Arrumava-me, penteava meus cabelos e sorria para mostrar meus dentes.

Aprendendo a viver sem os reflexos do corpo físico, tornei-me sadia, fui estudar e depois, quando estava apta, passei a fazer pequenas tarefas.

Tive doenças que me fizeram enferma nessa última encarnação desde a adolescência. Não cometi erro nenhum e sofri muito mesmo, por solidão, tratamentos dolorosos e dores físicas.

Recordo-me de todos os detalhes, porém não consigo dizer tudo o que senti. Compreendia, às vezes, que não devia fazer ou dizer algo, mas fazia e dizia. Tinha um medo terrível dos tratamentos e de ficar sozinha. Passava por períodos em que não tinha consciência do que fazia; em outros, compreendia melhor o que ocorria comigo.

O doente mental sofre e quase sempre sabe que sofre. Foram muitas vezes que chorei por estar doente. Tinha vontade de sair do hospital, morar num lar, ter roupas bonitas e comer doces e outros alimentos. Sentia saudades da minha família e não queria que eles tivessem medo de mim. Mas não conseguia expressar minha vontade, dizer o que queria.

Por que tive uma encarnação assim?

A resposta é simples: reações. Espírito sadio: vestimenta perispiritual e físico saudáveis. Não vou narrar o que fiz de errado nas minhas outras reencarnações, porque sei pouco e, por enquanto, não quero me recordar. Devo ter sido má. Na minha encarnação anterior, desencarnei e fui para o umbral, tive muito arrependimento, senti um remorso destrutivo. Mesmo tendo orientação, quis sofrer. Reencarnei e transmiti ao corpo físico muitas perturbações, adoecendo-o.

Graças a Deus não tenho mais ações negativas para sofrer no futuro as reações das dores. Quero me preparar bem, ser útil para que quando reencarnar seja com conhecimento, para ser uma enfermeira num hospital de doentes mentais.

Meu abraço a todos.

Júlia

Explicação de Antônio Carlos

Em postos de socorro e nas colônias, dentro do possível e das normas da casa, os servidores fazem a vontade dos recém-chegados. Júlia queria tão pouco: dentes, cabelo comprido e roupas. Desejos assim, quando o abrigado aprende, ele mesmo plasma para si, mas outros podem fazer por ele. O espírito que foi dentista quando encarnado plasmou para ela não os dentes que tivera, que creio não eram sadios, e sim outros, perfeitos para sua arcada dentária. Isabelle plasmou as roupas que ela sonhara ter. Alegre, feliz, Júlia recuperou-se logo. Teve de receber ajuda para não sentir o reflexo do físico e fez isso fora do hospital, num lar, com outras servidoras.

Nossa convidada tem razão, resgatou pela dor o que fizera de errado. Quando se erra e se arrepende, querendo pagar pela dor, sofrer, o espírito tem o livre-arbítrio para fazê-lo.

Vemos também alguns desencarnados sofrerem tanto no umbral, perturbarem-se, que, às vezes, necessitam de um corpo físico para ter o esquecimento e a bênção. E, para alguns deles, no Plano Físico, basta passarem por dificuldades para se desestruturarem e adoecerem.

Júlia não foi obsediada. Mas vemos em sanatórios muitos obsediados e esses, após receberem por algum tempo as energias negativas principalmente de ódio, acabam por adoecer o físico.

E, com toda a certeza, espírito sem ações negativas é sadio, consequentemente o perispírito e o corpo físico também o são.

10 - Ateísmo

Quantas tristezas, agonias, inquietações, perturbações e sofrimentos.

Não sabia nem conseguia entender o que ocorria comigo. Eu sonhava? Era então um pesadelo, do qual não acordava. Fiz de tudo para despertar daquele sono horrível. Bati a cabeça nas paredes e belisquei-me tanto que estava toda dolorida. Até entrei n'água. Lembrei-me de que minha mãe falava que a água despertava. Entrei num chafariz de uma praça. E a água passou por mim e não me molhou. Escutei de um senhor que passava por ali:

— *Saia daí! A senhora está morta! E defunto não se banha!*

Respondi com grosseria, e ele gargalhou:

— *Sua doida! Morreu e finge não saber! Até quando manterá sua ilusão?*

Achei então que enlouquecera. Sabia que na cidade onde eu residia havia um sanatório e fui para lá em busca de ajuda. Se estava doente necessitava de tratamento.

Fui andando, cheguei na frente do grande sanatório; estava fechado. Bati no portão. Depois de esperar alguns minutos, um senhor apareceu à minha frente. Encabulei-me. Ele não abriu o portão e não consegui ver por onde passou, cumprimentei-o e depois pedi:

– *Senhor, quero entrar e me consultar com o médico.*

– *O que a irmã tem? O que está sentindo?* – perguntou ele.

– *Desculpe-me, não quero ser indelicada, mas essas respostas quero dar ao médico.*

– *Irmã, aqui é um hospital para pessoas encarnadas, por isso devo saber o que quer.*

– *O senhor é muito abusado e não sou sua irmã. Exijo vir alguém da diretoria. E logo, senão vou me queixar de você.*

– *Está bem, venha por aqui!*

Pegou na minha mão e atravessamos o portão. Gritei. Ele nem se importou. Levou-me para um local que não parecia hospital. Era um salão, com muitas cadeiras e à frente tinha uma mesa. Meu condutor largou minha mão e disse a outro senhor:

– *Essa senhora veio para se internar. É uma iludida!*

– *Marcinho, tenha paciência! Lembro-o de que deve tratar bem a todos.*

– *Ela me destratou; acha que por ser porteiro sou inferior. Deve estar acostumada a tratar mal aqueles a quem julga insignificante. Deve ser por isso que está nessa situação. Mas vou tentar ser mais educado. Estou esforçando-me para ser paciente.*

O porteiro afastou-se e o outro senhor aproximou-se de mim, sorriu, cumprimentou-me e indagou:

– *O que a senhora deseja?*

– *O senhor é médico? Só falo com o médico. Desculpe-me, é que estou cansada.*

– *Então, sente-se aqui, sirva-se de água fresca e descanse; assim que for possível o médico virá lhe ver.*

– *Ficar aqui neste salão? Não tem lugar melhor?*

– *Infelizmente, não!* – respondeu ele sorrindo e com expressão gentil.

Resmunguei baixinho. Aquele hospital era um horror. Que atendimento ruim. Tomei a água que achei muito saborosa e sentei-me. Pensei e concluí que ali seria, com certeza, maltratada.

Louco raciocina? Estava raciocinando, e certamente não estava doente. Achei então que viera em local errado. Levantei e olhei através do vitrô. Vi o pátio com duas ambulâncias, uma delas ia sair. Corri para o pátio tentando me esconder. Quando o portão abriu para o veículo passar, saí correndo. Ninguém me viu, ou fingira não me ver.

– *É melhor mesmo eu ir embora. Que sanatório atrapalhado!* – exclamei.

Cansada e com fome, fiquei andando até que, mais exausta ainda, sentei-me no banco de uma pracinha. Ali perto estavam três pessoas que julguei serem vagabundos. E um deles disse sorrindo:

– *E aí, madame, como está se sentindo sendo desencarnada?*

– *Vai amolar outra!* – respondi irada.

– *Olhe lá como fala comigo!*

– *Chamo a polícia!* – exclamei.

Eles gargalharam.

– *A madame é uma burra! Não sabe que desencarnados não têm como chamar a polícia.*

– *Já que está dando uma de sábio, explique-me: o que é desencarnado? E o que é encarnado?* – perguntei.

Eles riram e um deles me explicou:

– *Desencarnados somos nós que morremos! Ou melhor, o corpo material foi para o cemitério, mas nós realmente não acabamos e estamos vivendo aqui. E encarnados, somos antes de morrer. Entendeu?*

– *Não! Não é verdade! Você brinca comigo e não lhe dei esse direito! Acabamos quando o corpo morre. Extinguimo-nos!*

Nada sobrevive! Deus não existe! Só resta você falar que já viu Deus e conversou com Ele.

Pararam de rir e o que me dirigia a palavra falou novamente:

– *Deus está em todos os lugares e até dentro de nós como expressão de amor. Sou um andarilho no Plano Espiritual. Gosto de viver assim. Mas entendo algumas coisas. Acho que, quando nós nos fazemos receptivos, sentimos Deus. É melhor rever seus conceitos. Você acreditava em fatos falsos. Tudo ficará mais fácil se entender que seu corpo morreu!*

– *Vão para o inferno! Loucos!* – gritei.

Saí, deixando-os gargalhando, e fui para meu apartamento. Outro horror! Subi as escadas, porque por mais que apertasse o botão do elevador ele não vinha. A porta do meu apartamento estava aberta. Nele não estavam mais meus pertences e outra família morava ali. Era um casal com dois filhos. O som estava alto e eles riam e conversavam animados, referindo-se a um passeio que fariam.

"O que está se passando? Estou louca? Sonho?" – indaguei aflita.

Chorei por horas. A família saiu para o passeio e eu fiquei ali sozinha e sofrendo. Lembrei-me de relances de quando me senti mal, da dor forte no peito, de ter caído na sala, de a empregada me achar no outro dia, da ambulância, de me colocarem na maca e de ter escutado: "Dona Carolina faleceu!".

Desesperada, quis sair do apartamento e não consegui abrir a porta. Percebi que estava presa. Foi horrível ficar ali sem poder sair. Não adiantou gritar, bater, ninguém me ouviu. Não consegui pegar o interfone nem o telefone. Foi um alívio quando a porta se abriu e a família entrou. Corri e saí. Fiquei no corredor e sentei-me no chão.

"O que faço?"

Lembrei-me da Magali, uma vizinha que se escandalizava comigo por ser ateia. Muitas vezes ela tentou me convencer de que Deus existia. Fiquei ao lado da porta do apartamento dela. Esperei. Fiquei pensando no preconceito que sempre enfrentei por não ser hipócrita e dizer abertamente que era ateia: "Não acredita em Deus?! Não tem religião?!". Eu escandalizava as pessoas. Às vezes discutia e gostava de expressar minha opinião, tinha vasto conhecimento e achava um absurdo pessoas esclarecidas e estudadas acreditarem numa Divindade.

A vizinha chegou, cumprimentei-a, ela me ignorou. Em outra situação lhe diria uns desaforos e iria embora, mas entrei com ela no apartamento.

– *Desculpe-me, Magali, por entrar assim, é que estou em dificuldades.*

Magali não me respondeu e foi guardar as compras nos armários. Fiquei perto dela, que olhou o calendário e falou:

– Hoje faz nove meses que Carolina morreu! Embora ela não acreditasse em Deus, que Ele a proteja!

Orou por mim. A campainha tocou, Magali abriu a porta; era o porteiro trazendo alguns pacotes. Saí apressada, não queria ficar presa de novo. Desci pelas escadas e fui para uma praça ali perto, sentei-me num banco e fiquei pensando: *"Quem devo procurar para pedir ajuda? Meu ex-marido? Não quero, a mulher dele e seus filhos não gostam de mim. Depois, ele é um idiota! Era ateu e por causa da mulher virou religioso! Para ele, todos os meus problemas eram pelo ateísmo. Até Magali, para me fazer acreditar em Deus, tentou me enganar dizendo que faleci. Alguma coisa acontece comigo, mas o que será?".*

Sofri muito.

Algumas pessoas se aproximaram e sentaram ao meu lado para conversar.

– *Vocês me veem?* – indaguei.

– *Claro, você é como nós, desencarnada* – respondeu uma delas.

Cansada, fiquei quieta por minutos, depois pedi para a mulher que falara comigo:

– Você me leva para um lugar sossegado? Quero pensar!

– Venha comigo!

Ela me levou para um local estranho em que havia pouca claridade. Parecia que estava dentro de um filme de terror. A mulher me deixou num canto, ao lado de umas pedras.

– Aqui você pode refletir bastante. Pense em sua vida e no que quer agora que está morta, mas viva!

Fiquei sozinha. Naquela rotina em que via tudo confuso, sentia sede, fome, frio e muita tristeza, cheguei à conclusão de que meu corpo morrera e eu era uma alma penada, da qual tanto rira anteriormente.

"Morri, e agora?"

Indaguei-me, chorei, tive medo e sofri. A decepção foi grande; para mim morríamos e acabávamos, nada existia, nem Deus.

Muito tempo se passou. Saía dali, andava pela cidade e voltava para meu esconderijo, no umbral. Ficava quieta e muito triste. Um dia conversei com uma senhora, também desencarnada.

– Foi uma decepção – queixei-me. *– Morri e continuo viva.*

– Acho isso maravilhoso! Não queria acabar. Não me queixo por estar desencarnada, vivo bem sem o corpo físico.

– Estou sendo castigada! Não acreditava em nada nem em Deus.

– E agora?

– Acredito! – respondi com sinceridade. *– Já achei que sonhava, estava louca até concluir que meu corpo falecera, fora enterrado e continuara viva. Deus me castigou por não ter acreditado Nele.*

– Acho, minha amiga – falou a senhora tranquilamente –, *que você não acreditava em Deus por não compreendê-Lo. Nosso Pai não nos castiga. Ele existe, independente de alguns crerem Nele ou não. Você está sentindo as consequências de sua incredulidade.*

Contei àquela senhora minha vida. Meus pais diziam ter religião, mas não a seguiam; cresci sem dar importância aos preceitos religiosos. Adulta, tornei-me ateia convicta, casei-me com uma pessoa sem religião que se tornou ateia também. Tive dois abortos espontâneos e passei a fazer um tratamento para engravidar. Nesse período meu marido e eu já não estávamos mais nos entendendo. Não quis engravidar mais e acabamos nos separando. Vivi sozinha num apartamento e não quis ter mais relacionamentos sérios, tive namorados e amantes. Aposentei-me e passeava muito; sentia-me bem.

Não agi com maldade com ninguém. Pratiquei até algumas caridades e favores que nada custaram. Pensava: "Para que fazer algo por alguém? Não há motivos para ser caridosa, não posso me privar de algo ou de horas para auxiliar ninguém, não vale a pena".

Encarnada, sentia a reação da vida egoísta que levava; tinha somente conhecidos, nenhum amigo e minha família não ligava para mim, porque os ignorava. Meu ex-marido tinha a família dele.

Falei por horas e a senhora escutou atenta. Quando terminei ela comentou:

— *Carolina, você mesma concluiu o que aconteceu com você!*

Espantei-me, e ela sorriu explicando:

— *Você recebeu a reação de suas ações. Não se importou com ninguém e por isso não recebeu atenção. Viveu egoisticamente e recebeu a indiferença. Não acreditava que a vida continuava com a morte do corpo físico e, quando esse fato aconteceu com você, achou que sonhava, que estava doente e sofreu.*

— *Será que Deus me perdoa por não ter acreditado Nele?* — perguntei.

— *Por que não pede perdão, Carolina? Quando reconhecemos que erramos, pedir perdão nos faz bem. Deus é Amor! Ele não se ofende se um dos seus filhos não crê Nele!*

Ajoelhei-me e em lágrimas pedi perdão. Fiquei assim por minutos. Estava sendo sincera. A senhora, então, ajudou-me a levantar. Senti-me bem, continuei chorando, as lágrimas eram de alívio. Essa senhora me levou para um posto de socorro. Encantei-me com aquela casa de caridade. Fui acolhida. Aliviada e grata, fui aprender a viver desencarnada e ser útil. Isso aconteceu depois de vinte anos. Sim, vaguei por todos esses anos e padeci muito.

Hoje estou bem, trabalho e me esforço para dar ao próximo o melhor de mim, faço tarefas nas quais aprendo a doar meu tempo, horas do meu lazer em que poderia passear ou descansar. No começo era para mim um sacrifício, hoje faço com carinho. Quero aprender a amar!

Tenho observado que não é fácil a desencarnação para os ateus. Porque é nos momentos difíceis que exclamamos: "Ai, meu Deus!". E essa expressão nos dá conforto e a receptividade para receber ajuda.

Não acreditava na sobrevivência do espírito. Achava isso uma teoria sem raciocínio, fantasiosa e enganosa. Mas meu corpo físico morreu e sobrevivi, e tive de mudar meus conceitos. Necessitei ver para crer na espiritualidade. Não vi Deus, mas aprendi a senti-Lo e, para mim, hoje o ateísmo é que é fantasioso e enganoso.

Carolina

Explicação de Antônio Carlos

Carolina desencarnou por um infarto, teve seu desligamento no velório por socorristas e ficou vagando confusa e perturbada. Foi depois de tempo que conseguiu raciocinar e começou a narrar o que ocorrera com ela.

O sanatório citado é dirigido por espíritas e dentro dele há um local de ajuda a desencarnados, um centro espírita.

Ela ficou presa no apartamento que tivera quando encarnada. Isso acontece com os iludidos, os que não aceitam sua desencarnação e não sabem como passar pela matéria densa.

Desencarnados maldosos e brincalhões que vagam apreciam debochar dos iludidos, dos que não querem aceitar a mudança de plano.

A senhora que a ajudou é uma socorrista.

Independente de se acreditar ou não que a Terra é um planeta que gira no espaço, ela não fica parada, continua fazendo sua volta, indiferente aos que creem ou não.

Para aquele que crê, um pingo é complemento da letra i.

Necessitamos compreender a Deus. Se uma religião não nos der essa compreensão, procuremos outras.

Não acreditar em alguma coisa imagino que é viver sentindo-se oco, vazio, e um dia os que assim se sentem terão vontade de mudar, de querer preencher o vazio, achar o significado da vida.

E Deus é! Independente de alguns não acreditarem ou compreendê-Lo.

Já escutei de muitas pessoas: "Se isso fosse importante, Deus me mostraria para que acreditasse. Se Deus existisse, Ele me provaria". Como se julgam importantes! Por que teria que lhes provar? Já não basta, como muitos dizem, a assinatura do Autor: na natureza, no espaço, no nosso corpo físico, perispiritual e na perfeição do nosso espírito?

Nossa convidada foi ateia, digo foi porque, sem a ilusão do corpo físico, com a sobrevivência do espírito depois da morte, foi forçada a mudar a forma de pensar, a rever seus conceitos. Porém, continuou sem ver Deus. Porque nosso Criador não é uma figura, é um ser supremo, inteligência suprema, e está em todos os lugares. Compreendem-No os simples, os acadêmicos, todos nós, independente da designação que Lhe damos e da religião que seguimos.

O ateísmo leva as pessoas que desencarnam a se confundirem, a se perturbarem e sofrerem. Muitos acham que estão loucos ou sonhando, imaginam muitas desculpas por não terem acabado, por continuarem a existir, apesar da morte do corpo físico.

Já vi ateus virem para o Plano Espiritual com uma grande bagagem de boas obras e amigos que foram, e são gratos por terem sido ajudados, e sua perturbação passa mais rápido. Já, para outros, o sofrimento é grande, vagam por anos no umbral e nos lugares em que viveram quando encarnados. Não por castigo, mas pela descrença. Infelizmente, muitos necessitam sofrer para crer.

11 - O político

Sentia dores, estava inquieto no leito daquele hospital moderno e luxuoso. A família me fazia companhia, eles estavam tristes, abatidos e lagrimosos.

Não dormia tranquilo, meu sono era agitado e tinha pesadelos, nos quais escutava vozes me dizendo impropérios.

Acordei e não abri os olhos; escutei meu filho e meu genro conversando baixinho.

— Temos que tomar todas as providências. Seu pai, pelo que nos dizem os médicos, irá falecer logo. Temos que tirar o dinheiro de seu nome, até mesmo fechar aquelas contas bancárias.

— Você tem razão, vou agora mesmo falar com mamãe, ela tem conta conjunta com ele. Com certeza minha mãe nos dará autorização para fecharmos aquelas contas e colocarmos o dinheiro no meu e no seu nome. É mais seguro!

Magoei-me, porém eles estavam fazendo o que eu sempre fizera: sendo práticos. Os dois tinham razão. Aquele dinheiro não deveria continuar no meu nome. Tremi de medo. Eles falaram que estava morrendo.

E, pela primeira vez, indaguei-me o que seria morrer. Havia frequentado, pelo social, para arrecadar votos, muitas igrejas, templos, e ouvido vários sermões, aos quais, infelizmente, não dera muita atenção. Mas algumas coisas do que ouvira vieram naquele instante a minha mente: "Eu acabaria com a morte?".

Ao pensar nesse fato, apavorei-me. Acho que ninguém quer ser extinto. Creio que nada se acaba, até pela lei da natureza, tudo se transforma, e comecei a pensar:

"Céu ou inferno? Prefiro que não existam, senão irei com certeza para o inferno.

"Dormirei até o julgamento? Também não gostei dessa teoria. Se houver uma sentença, por justiça, não me darei bem.

"Desencarnarei, como dizem os espíritas? Se assim for, no Além terei comigo somente os atos que fiz, os bons e os maus."

Tinha dinheiro que sustentava o meu luxo. A família e os amigos, ali ao meu lado, esperavam minha morte. Somente restavam-me as obras, essas iriam comigo.

Abri os olhos, os dois sorriram para mim, e meu filho disse:

— Papai, o senhor ficará bem! Mas estou preocupado. Será que não é prudente tirarmos o dinheiro de suas contas bancárias?

— Sim — respondi com dificuldade. — Faça, filho, o que for melhor. Mas não deixe sua mãe sem nada.

— Claro que não, papai. Mamãe tem muitos imóveis em seu nome e os senhores são casados com separação de bens.

Ele saiu e meu genro ficou ao meu lado. Comecei a delirar. Via vultos, ouvia algumas risadas, e fui piorando.

— Ele morreu! — ouvi do médico.

Choros e risadas.

Minha esposa e filha estavam ao meu lado chorando.

— Meu pai morreu! Que tristeza!

— Fiquei viúva! Que será de mim sem ele? Como cuidar dos negócios?

"Morri! Meu Deus! E agora?" – pensei aflito.

– Ficará aí para ver e ouvir outros hipócritas como você – falou um vulto, gargalhando.

Que sensação estranha. Senti a equipe médica desligar os aparelhos e tirar as sondas. Meus familiares se afastaram, fui levado para outro local. Limparam-me, colocaram-me outra roupa e me maquiaram. Depois me acomodaram numa urna luxuosa, com muitas flores.

Sentia, via, pensava, escutava, mas não me mexia ou falava. E a todo instante me indagava cada vez mais aterrorizado: *"E agora?".*

E os acontecimentos vieram. Fui levado ao velório. Que horror! Os familiares chorosos, vestidos de luto, discretos, comportavam-se como a sociedade exigia. Amigos e mais flores foram chegando. Escutei muitos comentários. Poucos faziam orações. Agiam como eu quando ia a velórios. Várias conversas, pessoas que havia tempos não se viam falavam de tudo: negócios, esportes, mulheres, fofocas e muito sobre mim. Infelizmente, não mentiam.

Minha esposa comportava-se com dignidade. Parecia que adivinhava o que alguns diziam: "Fora traída". Tive muitas amantes.

Os filhos não sentiam muito, sempre fora um pai distante. Dinheiro e política sempre vieram em primeiro lugar.

Foi um horror! Via e ouvia tudo. Apelei mentalmente e pedi: *"Deus! Misericordioso Pai, me ajude!".*

– Quantos lhe pediram por Deus! Você os atendeu? Ficará aqui e verá tudo.

Notei então que três vultos estranhos estavam do lado de trás do meu caixão, observando-me, e fora um deles quem falara.

Ouvi desesperado que estava na hora do enterro. *"E agora?"* – pensei me perguntando de novo com muita aflição.

Fecharam a tampa. Estranho, vi-me dentro e fora da urna funerária. Discursos. Quanta hipocrisia e mentiras! Colocaram o caixão no túmulo luxuoso com muitas coroas de flores. Todos se afastaram. Um dos vultos me disse:

— *Agora terá a resposta para o que tanto indaga. Verá o que é de fato a morte para você que é ladrão e corrupto! Ficará aí dias junto do corpo de carne que tanto cultuou. Aproveite para pensar no que fez de errado!*

O escuro, o silêncio e o nada. Não sei explicar como, pois não os via ou ouvia, mas sabia que aqueles três vultos continuavam por perto, vigiando-me. Apavorei-me com o fato de estar ali preso. Achei que iria enlouquecer. Somente tinha a certeza de que de fato morrera. Mas que continuava vivo!

Foi apavorante. Estava sozinho. A família, quando terminou a cerimônia do sepultamento, foi embora. Estavam cansados e, pelas suas feições, estavam ansiosos para que tudo terminasse. Amigos... acho que poderia tachar de amigos somente uns três, os quais não podiam fazer mais nada por mim. O resto eram conhecidos, companheiros e até inimigos disfarçados. Dinheiro; lutei tanto para tê-lo, e o que ele me deu? Uma urna de luxo, flores e um túmulo de mármore. E naquele momento a riqueza material não me valia para nada.

Não vou intensificar o horror que passei. Vermes me comendo, dores, frio, sede, fome e muito medo. Estava enlouquecendo. Padeci muito!

— *Vem!*

Escutei uma voz e alguém me puxou. Fora do caixão, sentei em cima do túmulo. Consegui ver os vultos, eram três homens e um deles falou:

— *Você merecia ficar aí até seu corpo carnal virar pó. Mas o chefe quer julgá-lo. Vamos.*

Pegaram-me pelos braços, saíram comigo do cemitério. Estava confuso, senti um certo alívio pelo ar que batia no meu rosto.

Chegamos a um local estranho e me deixaram num salão. Senti muito medo. Eu, acostumado a mandar, receber agrado e elogios, estava sendo humilhado e tratado como um ser desprezível.

Vi então uma cena aterrorizante. Era um julgamento conjunto de pessoas como eu, mortas-vivas. Para julgar, estavam ali um homem e uma mulher. Outro homem falava sobre os julgados e o que eles haviam feito.

Chegou a minha vez.

– *Você foi político! A lista de seus erros e pecados é grande! Gostava de orgias! Mulheres lindas e noites de farras! Disse muitas mentiras! Enganou o povo já tão sofrido. Recebeu dinheiro para fazer favores etc.*

De fato, a lista era grande e tudo verdade. Fui condenado.

– *Será escravo! Chega de ser servido! Vai aprender a trabalhar!*

Colocaram um aro de ferro em meu pescoço e fiquei preso a uma corrente. Um homem me puxou. Começou para mim um longo período de muito sofrimento e humilhação. Gargalhando, um grupo de homens de aspecto maldoso aproximou-se, despiu-me, deixando-me somente de calça; bateram-me muito, cuspiram em mim, me xingando.

Sabia que havia morrido. Ou melhor, que havia desencarnado. Meu corpo físico estava lá no cemitério virando pó e meu espírito vivo. Ali sofri horrores.

Foram muitos anos de padecimento. Antônio Carlos me pediu para não narrar tudo o que passei senão o relato ficaria extenso, pois não teve um dia no umbral que não sofri, sempre fui humilhado e maltratado. Eles riam do meu padecimento.

– *Por que reclama?* – diziam meus carrascos. – *Você se importou com as pessoas que sofriam? O dinheiro que roubou, que pegou indevidamente não foi causa de sofrimentos a outros?*

Certo dia, comecei a achar que agira errado. Que vivera encarnado enganando e enganado. Meu choro passou a ser diferente e passei a ajudar os companheiros de infortúnio.

Recordei-me de alguns atos bons que fizera, as esmolas que dera, favores que prestara e mesmo os que foram realizados por interesse. Nesses momentos sentia um pouquinho de alívio. Lembrei-me de Deus de modo diferente, como um Pai, o qual antes desprezara e de que agora sentia falta. O remorso me fez ver que era merecido meu sofrimento. Abusara dos prazeres, não seguira nenhuma religião e sentia falta de uma crença.

Sabia que muitos outros políticos sofriam muito mais do que eu. Os que foram muito desonestos e corruptos padeciam ali no umbral, de forma pior do que se fosse no inferno, se esse existisse. Muitos ficavam presos na caverna dos horrores, num buraco escuro e fétido, sendo torturados e humilhados.

Um dia, um moço aproximou-se de mim, abriu o aro do meu pescoço com facilidade e me disse:

– *Vou tirá-lo daqui, siga-me quieto!*

Saímos daquela cidade, paramos em frente de um veículo, entramos nele, e fui levado a um hospital. Lá, fui tratado com dignidade, bondade e me recuperei.

Muitos desencarnados, ao passarem pelo que passei, enlouquecem, tornam-se débeis; porém eu tive consciência e muito sofri. Padeço ainda, não consigo esquecer o que fiz de errado, sinto remorso, e esse sentimento me cobra, mas também me faz ter vontade de acertar.

Mas o que mais sinto é ver meus familiares seguirem o mau exemplo que dei. Com certeza irão passar e sofrer o que sofri. E não posso fazer nada. Poderia até tentar, mas eles não acreditariam. Para minha família morri e acabei.

Penso que seria bem mais fácil morrer e acabar. Mas não é assim.

Foi longo o tratamento com aprendizado que recebi.

Sei de pessoas honradas e idealistas que foram e são políticas. E àqueles a quem muito foi dado e souberam usar, dignos serão de receber mais. E espíritos que passam por essa prova e trabalham se dedicando com amor à arte de governar são vencedores, eu os admiro. Sei que é difícil ter dinheiro e poder. Mas, se muitos aprenderam a usar sem abusar, outros podem seguir seus bons exemplos.

Para mim, foi apavorante defrontar com a desencarnação. Não com o ato em si, mas com as consequências de meus erros. Aprendi com a dor. E tenho um propósito de colocar em prática esses ensinamentos.

Quero reencarnar para ter a bênção do esquecimento e de um recomeço. Desejo esquecer o que fiz de errado e tentar fazer o certo.

Tenho orado muito para ser honesto, anseio por ter essa virtude e provar a mim mesmo que posso ser uma pessoa de bem.

Explicação de Antônio Carlos

É de fato na hora da desencarnação que temos as companhias do Plano Espiritual às quais nos ligamos. Esse convidado não quis se identificar. Denominações são passageiras.

Nos seus últimos dias encarnado, escutava os desencarnados que esperavam a morte do seu corpo físico.

De fato, eles fizeram guarda no cemitério para que ele não saísse do túmulo e eles o perdessem.

O julgamento que ele narrou, infelizmente, é muito realizado em diversos lugares do umbral. André Luiz, através da mediunidade de Chico Xavier, no seu livro *Libertação*[1], relata-nos um desses julgamentos com muitos detalhes.

Pedi que ele não descrevesse seus padecimentos, porque esse amigo está ainda em tratamento e fica triste e amargurado quando recorda o que passou. Realmente, foi muito difícil.

1 N.A.E. XAVIER, Francisco Cândido. *Libertação*. Espírito André Luiz. Rio de Janeiro: FEB.

Essas sentenças acontecem porque há no umbral os que se denominam justiceiros e os que se sentem culpados. São julgados os que têm dentro de si, em suas consciências, atos errados. Isso não acontece com pessoas que não cometeram ações más.

Muitos perguntam: "Por que os espíritos bons não socorrem todos os que sofrem?".

Muitos dos que desprezam as lições que a vida oferece para aprender recebem a dor, que tenta ensiná-los, impulsioná-los a caminhar.

Não basta pedir somente para ficar livre do sofrimento. Agir assim é como não querer a ressaca, o sofrimento ocasionado pela reação, e sim querer continuar no vício, na prática dos erros. Para ser socorrido tem que se fazer receptivo, pelo arrependimento sincero, com vontade de melhorar e, se puder voltar no tempo, agir de outra forma.

Esse convidado foi socorrido quando se modificou, arrependeu-se, reconhecendo seus erros e passou a ajudar outros desencarnados que sofriam mais do que ele.

Socorristas vão a todas as partes do umbral, auxiliando. Os que se sentem enlouquecidos e débeis são socorridos quando esses abnegados servos do bem sentem que eles querem se modificar ou que a dor foi persistente e que a lição pode ter sido assimilada.

Os imprudentes são muitos. Os que querem ser servidos também. Restam para serem socorristas os prudentes e trabalhadores. A messe é grande, os servos são poucos, disse-nos Jesus, e infelizmente nada ainda se modificou, poderíamos mudar se todos quisessem servir...

12 - Maria, a sequinha

— *Seca! Sequinha!*

Um grupo gritou isso ao passar por mim. Cansada, não reagi. Costumava responder gritando que não era, e revidava os desaforos levando-os a rir.

Nos últimos dias estava diferente, mais quieta, pensativa e já não achava tão injusto estar naquele lugar sofrendo.

Nair aproximou-se e sentou-se ao meu lado, numa pedra.

— *Está quieta hoje, Seca, quer dizer, Maria.*

Nair era uma mulher que se julgava esperta, entendida, e às vezes conversava comigo.

— *Hoje quero escutá-la com atenção. Fale-me, por favor, onde estou e o que aconteceu comigo.*

— *Devia cobrar pelos meus conhecimentos! Mas, como gosto de falar, vou lhe explicar. Fique atenta! Você morreu! Não fique com medo! Nada de pior poderá lhe acontecer e...*

Alguém a chamou. Nair levantou-se, caminhou para perto de um moço e ficou conversando. Pensei no que ela me disse.

"Morri! Estava havia tempos naquele lugar e ali eles me diziam sempre que morrera. Achava que ao morrer iria para o céu, pois merecia. Mas, como não fui, tive medo, pavor e vivia aterrorizada me indagando: E agora?"

E o pior, não obtinha resposta.

Nair despediu-se do moço e sentou-se novamente perto de mim.

— Como ia falando, você morreu, porque todos morrem. Certamente não foi, encarnada, boa coisa porque veio para cá. Eu sei bem como tudo isso acontece, é a morte. Alguns dizem que não morremos, e eles têm razão, já que apenas o corpo carnal vira pó lá no cemitério. Por isso, dizem que desencarnamos, deixamos a carne. Pessoas que viveram fazendo o bem vão para outros lugares, já vi de perto as casas delas. E outras como você e eu vêm para cá. O segredo é fazer amigos. Eu tenho muitos por aqui. Apesar de que eles não confiam em mim nem eu neles. Dizem que entre os bons existe confiança. Mas não tive nenhum amigo bom.

Aproveitando que ela fez uma pausa, indaguei-a:

— Você é feliz? Sou muito infeliz!

— Você é infeliz porque vive reclamando! Com dó de você mesma! Pelo menos está consciente. Não vê à sua volta muitos sofrerem bem mais? Vemos por aí os dementados que padecem tanto que já nem sabem quem são. Existem os que são tratados como escravos e são maltratados e há os que são presos em buracos ou então em prisões horríveis. Sou alegre!

— Feliz? — insisti.

— Acho que não. Tenho pensado e acho que somente pessoas boas são felizes. Aqui é um tal de dá lá e toma cá.

— Nairzona, vamos lá? — chamou-a um moço.

Nair levantou-se e seguiu um grupo, sem se despedir de mim.

— E agora? E agora? — resmunguei.

O umbral[1] não é um lugar agradável, detestava-o. Andava por ali sentindo os reflexos do meu corpo físico, sentia dores e fome, não tinha sede porque tomava água de um filete sujo. Sentia muito frio. À noite era pior, escuro e muito frio. Tinha muito medo. Mas, como Nair me disse, existiam muitos que sofriam mais do que eu.

Fiquei recordando minha vida encarnada. Fui abandonada muito pequenina num orfanato. Deram-me o nome de Maria. Nunca tive um amigo.

— *Acho que era uma criança problemática!* — exclamei baixinho.

Apesar de não ter sido feia, não fui escolhida para adoção e fui ficando.

— Maria, tenho muito o que fazer! — diziam as funcionárias.

— Maria, não é somente você que temos aqui! Temos de cuidar de todos. Venha nos ajudar — diziam as bondosas irmãs, as freiras que cuidavam do orfanato.

Não ajudava. Queria atenção, desejava que alguém ficasse comigo o tempo todo. Quando alguma das meninas, internas como eu, me dava um pouco de atenção, queria que fosse somente minha amiga e fizesse o que eu quisesse. As garotas se cansavam, deixando-me sozinha.

— Maria — dizia sempre Madre Terezinha —, você não pode agir assim. Vá brincar, converse, dê amizade para também re-cebê-la. É dando que se recebe.

E eu somente queria receber.

Na adolescência pensava: "Não recebo nada, por que então dar?".

Amarga, desiludida, rancorosa e até invejosa, fui ficando sozinha.

A diretora do orfanato me arrumou um emprego de doméstica, trabalhava durante o dia e dormia no orfanato. Não era agradável

---

1 N.A.E. Umbral: ambiente espiritual trevoso e infeliz criado pela força do pensamento de milhares de criaturas em desajuste.

fazer todos os dias a mesma coisa, serviços de casa, mas era bem melhor do que ficar o dia todo no orfanato; pelo menos trabalhava, tinha um ordenado e alimentava-me melhor. Comprava, com o meu salário, objetos para mim. Nunca dei nada a ninguém. Achando que as meninas mexiam nas minhas coisas e que tinham inveja de mim, pedi para meus patrões me deixarem dormir na casa deles.

As irmãs se reuniram para a despedida, contrariada escutei-as, não prestei atenção nos conselhos nem no pedido para visitá-las.

– *Começo a achar que fui injusta e ingrata* – resmunguei baixinho. – *O orfanato foi o meu lar, a casa que me abrigou, e onde recebi cuidados.*

Meu patrão matriculou-me na escola para completar meus estudos. Lá também não fiz amizade com ninguém. A escola era simples, para mim, frequentada por pobres e invejosos. Até que no começo algumas garotas tentaram conversar comigo, mas, diante de minha indiferença, não se aproximaram mais. Preferi assim.

Trabalhava direito, fazia do melhor modo possível minhas obrigações. Ganhava roupas que desprezava por serem usadas, mas as vestia assim mesmo.

– Maria! – disse meu patrão. – Vai ter um concurso para faxineira em uma repartição pública. Você quer se inscrever? O salário é bom.

– Mas, se eu passar, onde vou morar? E quem cuidará de vocês?

– Coitadinha, ela se preocupa conosco! – disse minha patroa.

Não me preocupava com eles, mas sim comigo. Na casa deles tinha um quarto nos fundos com banheiro e alimentava-me bem. Meu patrão sorriu e falou:

– Maria, com o salário que irá receber, você alugará uma casinha e nós buscaremos outra mocinha no orfanato para trabalhar aqui em casa.

Uma casinha, um lugar somente meu, era um sonho, o que mais desejava. Esforcei-me para passar e ganhei o emprego. Meus patrões ajudaram-me a alugar uma casinha e a comprar, à prestação, os móveis. Deixaram-me instalada. Agradeci-os, porém foi somente por educação. Achei que eles deviam estar satisfeitos pela boa ação que fizeram.

— *Fui injusta com eles!* — resmunguei.

E fui mesmo. Nunca mais fui visitá-los e, quando eles tentaram me visitar, fingi que não estava em casa e não abri a porta. Desistiram.

No meu emprego fazia bem meu trabalho. Mas não fiz amizades. Não gostava dos companheiros, achava isso de um, aquilo de outro, via neles muitos defeitos. Novamente queria somente receber.

E quando recebia não dava valor e queria mais, achando que as pessoas tinham obrigações comigo. Espantava todos os que se aproximavam de mim.

— Maria, me faz um favor?

— Não!

Nem queria saber o que era. Achava que todos queriam abusar de mim.

— *E com isso também não recebi! Que pena!* — exclamei.

Uma vez, interessei-me por um colega que era risonho, agradável e conversava com todos. Achei-o lindo! Fiz planos e me iludi. Um dia ele chegou muito feliz, mostrou a todos a aliança, ficara noivo. Odiei-o. Resolvi vingar-me e acabar com ele. Planejei com detalhes um roubo em que ele seria acusado. Mas não tive coragem. Afastei-me ainda mais de todos.

Percebi que, ao chegar e encontrar meus colegas de trabalho conversando, eles paravam ao me verem. Meu chefe até tentou orientar-me dizendo que deveria ser mais sociável.

— O senhor não está satisfeito com meu trabalho? Faço algo errado?

– Não – respondeu ele.

Desistiu também. Um dia escutei dois companheiros de trabalho conversando. Um deles falou:

– Maria me seca! Sinto-me mal perto dela.

Aposentei-me. Saí do último dia de trabalho como outro qualquer. Mas senti muito a falta do emprego e a solidão. Não conversava com os vizinhos, achava que eles somente queriam favores. Fiquei doente e não tinha ninguém nem para me acompanhar às consultas médicas. Por causa de uma enfermidade nos rins, sentia muitas dores. Em uma consulta, o médico me internou. Não conversei com ninguém no hospital, e ali morri sozinha. Agora sabia que morri ali, internada. Porque no momento não percebi. Achei que estava sendo desprezada, que não me davam remédios nem conversavam mais comigo. Resolvi ir embora e ninguém se importou. Saí andando, arrastando-me e fui para casa. Lá me assustei, haviam tirado tudo o que era meu e outras pessoas já moravam ali. Gritei e ninguém me ouviu. Fui então à polícia; havia uma delegacia perto de casa e fui andando com dificuldade.

Lá, vi muitas pessoas estranhas. Do lado de fora do prédio estava um grupo esquisito que riu ao me ver.

– *Oi, Seca! Já sabe que morreu? Se não sabe, fique sabendo!*
– *Doido!* – respondi.

Discuti com eles e os ameacei, dizendo que ia dar queixa ao delegado. Eles me pegaram pelos braços, arrastaram-me e deixaram-me nesse lugar horrível que, segundo a Nair, é chamado de umbral, um local parecido com o inferno.

Não tive religião e quando me indagavam respondia ser de qualquer uma que me vinha à cabeça; não gostava muito de orar. Sempre achara que Deus fora injusto comigo. Não tive família, fora órfã.

Sempre fui magra, quando doente fiquei magríssima, e agora, de tanto escutar que era seca, estava parecendo realmente seca.

– *Ei, você aí, ajude-me!*

Olhei para quem falava e vi duas mulheres deitadas no chão.

"Não posso nem comigo, como vou ajudá-la?" – pensei.

Mas fui ver o que se passava.

– *O que quer?* – perguntei.

– *Que nos ajude a sentar* – pediu uma delas.

Ia me afastar, xingando, mas estava cansada de fazer isso. Nunca havia parado para atender a alguém. Não havia dado e não recebera.

Com esforço as ajudei.

– *Estou bem melhor sentada!* – exclamou uma delas, que me olhou, indagando: – *Você gosta daqui?*

– *Não!*

– *Por que você é tão seca?* – perguntou a outra.

Ia xingar, mas respondi bruscamente:

– *Porque sou!*

– *Morri e vim para cá. Acho injusto! Mas vou apelar! Tenho uma amiga que, por ser boa, deve ser amiga dos bons. Vou pensar nela e pedir ajuda. Fiz favores a essa pessoa, não vou cobrar, e sim pedir. Você não tem amigos?*

– *Não* – respondi.

Cansada de ficar sozinha, sentei-me ao lado delas e fiquei escutando-as.

– *Sentia um medo horrível de morrer. Algo me dizia, talvez minha consciência, que ao morrer ia me dar mal. E me dei. Muitas pessoas se souberem que estou aqui irão dizer: "Bem feito!"* – contou uma das mulheres.

As duas sofriam e estavam preocupadas, tinham famílias, amigos e uma delas até queria encontrar-se com eles para pedir que mudassem de comportamento, para que não viessem, ao morrer, para esse lugar.

– *Seca! Sequinha!*

Um grupinho passou e mexeu comigo rindo.

Elas me observaram e uma indagou-me novamente o porquê. Senti pela primeira vez a sinceridade na minha resposta.

– *Fiquei assim porque fui assim! Seca de sentimentos!*

– *Foi, mas não deve ser mais. Você nos ajudou!* – expressou-se uma delas.

Perto de nós, um homem caído no chão gemeu. Levantei e fui para perto dele. Estava machucado, ajudei-o a sentar, peguei um pouco d'água do filete ali perto e lhe dei, passando-a também em seus ferimentos. Escutei pela primeira vez:

– *Obrigado!*

Senti, ao ouvir o agradecimento, um leve bem-estar. Voltei para perto das minhas recém-conhecidas e encontrei somente uma delas, que me informou:

– *Ela orou para a amiga e esta a levou embora. Acho que vou também orar. Estou cansada de sofrer e começo a entender que não foi injusto estar aqui.*

Não briguei mais e passei a ajudar ao meu modo os que ali sofriam mais do que eu.

– *Olhe, aí vêm os bonzinhos!* – disse uma senhora, mostrando-me um grupo que silencioso e respeitoso passava por ali.

Já os vira, e por muitas vezes jogara pedras neles com os outros. Agora os olhava com respeito.

Aproximaram-se de nós e um deles indagou:

– *Quem auxiliou aquele homem?*

Tremi de medo, mas, diante de seu olhar bondoso e voz agradável, respondi baixinho:

– *Fui eu!*

– *Fez um bom trabalho. Parabéns! Não quer aprender a ajudar melhor? Não quer vir conosco?*

Não sabia se queria ir, então não respondi. A senhora que estava ao meu lado me cutucou:

– *Vá, não seja boba! Essas pessoas são de fato boazinhas e realizam muitas ajudas. Com eles você certamente não sofrerá mais. Talvez deixará de ser sequinha.*

Ele, o socorrista, estendeu-me a mão, segurei-a com firmeza. Minha vida mudou. Fui para um posto de socorro, uma das casas que já vira; fui tratada com carinho e esforcei-me para ser simpática e útil. Minha aparência mudou, não era mais seca. Depois de meses, tornei-me trabalhadora, fazendo favores. Aprendendo a dar, principalmente amizade, fiz amigos. Estou bem.

Quando estava no umbral, essa pergunta: "E agora?" muito me angustiava.

Soube que desencarnara por outros desencarnados que vagavam, de modo maldoso e com ironia.

Achara que não fizera maldades; afinal, não traíra, não matara, não roubara etc. Mas fora ingrata e intolerante. Também não fizera o bem. Por mais que me esforçasse, no umbral, não consegui me recordar de ninguém que me devia um agradecimento por algo que fizera de coração, com bondade.

Fiquei de fato magríssima, sequinha, como era chamada. Acho que foi por sentir-me assim, vazia; não dei a ninguém a sombra de uma amizade, não dei frutos de favores ou de compreensão. De vazia a seca. Sei que em muitas de minhas encarnações fui intolerante, não dei valor aos afetos e, nesta última, tive por lição a orfandade, e, em vez de entender e de me esforçar para conquistar as pessoas pela amizade, desprezei-as e sofri.

Ainda bem que temos sempre oportunidades de preencher o vazio com o bem. Estou aprendendo!

Nada mais certo do que este ensinamento: é dando que se recebe, é compreendendo que se é compreendido, tolerado e amado!

Maria

Explicação de Antônio Carlos

Tenho conversado com muitos desencarnados que tiveram grandes decepções ao mudar de plano e não foram socorridos, ficaram vagando ou até foram para o umbral, gabando-se de não ter feito o mal, mas também não fizeram o bem que poderiam ter feito.

Maria se sentiu vazia de atos e, como escutou muitos a chamando de seca, sentiu-se assim.

E foi somente quando começou a se preocupar com o próximo, ajudar, que foi sentindo-se melhor e pôde ser socorrida.

A vida sempre nos dá oportunidades de aprendizado, de fazermos o bem, estando encarnado ou desencarnado. A Lei do Retorno nos faz ter reações boas ou más, e aquele que não fez nada não tem o que receber. E, por não ter amizade e amor, sofre muito.

Poderia ter sido diferente para Maria se quando encarnada tivesse sido mais agradável, prestativa e caridosa. Ainda bem que reconheceu que errou e está se esforçando para mudar a forma que agia. Porque é realmente dando que se recebe.

13 - Sombra de uma árvore

— Não estou passando bem! — expressei-me depois de vomitar novamente.

— Capataz! Zé Rolha não está bem — avisou Marcinho, um companheiro.

O capataz, com seu jeito arrogante, aproximou-se e fez cara de nojo ao ver meu vômito. Depois me olhou examinando. Não estava com boa aparência, havia vomitado muitas vezes, sentia dores fortes no abdome, que estava inchado.

— Vá para o alojamento! — ordenou-me o capataz.

— Ele precisa consultar um médico — opinou um outro companheiro.

— Zé deve estar se sentindo mal pela comida ruim que nos dão — opinou Marcinho.

— Deixem de conversa — disse o capataz rispidamente. — A comida daqui é boa, vocês é que são enjoados. Vá logo, Zé, e descanse por hoje.

Fui andando devagar, estava muito cansado. Desde o dia anterior eu não estava me sentindo bem. Deitei-me, nosso leito era de folhas e capim, dentro de barracos.

– Nunca pensei que minha situação nessa fazenda pudesse piorar, e piorou! – reclamei baixinho.

Sozinho, naquela hora do dia, no barraco, fiquei pensando na vida.

De minha família, conheci somente minha mãe, uma morena bondosa e trabalhadeira. Nunca soube quem fora meu pai. Não frequentei a escola, nem meu nome sabia assinar. Mamãe trabalhava de diarista; trabalhava muito e ganhava pouco. Tentava ajudar nas despesas de casa, e desde garoto ia para as fazendas trabalhar nas plantações com a enxada nas mãos.

Era tímido, achava-me feio e ninguém queria me namorar. Mamãe e eu nos dávamos muito bem e gostávamos um do outro.

– Se em vez de folha e capim meu leito fosse de palha, diria que essa cama era como a manjedoura em que Jesus nasceu – balbuciei e tentei me acomodar do melhor modo possível ao meu improvisado colchão.

Lembrei-me então das festas natalinas, da época festiva em que se comemora o nascimento do menino Jesus. Quando pequeno queria tanto ganhar um presente, mas não tínhamos dinheiro. Nunca fora revoltado, mas não entendia o porquê de algumas pessoas terem e outras não. Ali, deitado e com dores, recordei-me com detalhes da resposta de minha mãe, quando certa vez perguntei o porquê de várias crianças possuírem muitos brinquedos, alimentos, roupas, e outras, como eu, não terem nada.

– Zé Pedro, meu filho, não sei lhe explicar o porquê dessa diferença, mas nunca culpe Deus, Nosso Pai Amoroso. Somos nós mesmos que fazemos essas diferenças. Acho que é porque erramos, e Deus bondoso não nos manda para o inferno, mas para cá novamente. É melhor não reclamar, aceitar e ser bom.

Viva de tal forma que quando você vir Deus não tenha do que se envergonhar.

O rosto de minha mãe veio em minha mente. Como gostava de vê-la sorrir. Falei baixinho:

– Mamãe, tenho feito o que me aconselhou. Estou sofrendo muito aqui, mas nunca me desesperei, tampouco digo maldições. A senhora tem razão. Fazemos e pagamos. Acho que, se eu vir Nosso Pai do Céu, não irei me envergonhar.

Uma musiquinha de Natal veio em minha mente, não estava disposto a cantar e lembrei-me do único Natal em que ganhei um presente. Mamãe me levou a um local, num centro espírita, onde estavam distribuindo alimentos e brinquedos. Ganhei um carrinho, uma bola e uma roupa nova. Como mamãe e eu ficamos contentes! Segurar aqueles brinquedos, sabendo que eram meus, foi uma doce alegria que inundou meu coração de gratidão.

– Como foi agradável aquele dia! – exclamei baixinho.

Mamãe fez uma comida gostosa e brinquei muito. Antes de dormirmos, rezamos juntos agradecidos.

– Vamos orar – disse ela – por aquelas pessoas bondosas, para que elas não desanimem nunca de fazer o bem.

Talvez, concluí ao recordar esse Natal, as diferenças sociais e financeiras existam para que todos, tanto os que fazem o bem quanto os que o recebem, aprendam a se amar como irmãos.

Olhei as pontas dos meus dedos e sorri ao recordar:

Tive um acidente há alguns anos, cortei a ponta de dois dedos da mão esquerda. Estava no campo quando um facão me cortou, saiu muito sangue! Um garoto que estava ao meu lado apavorou-se e me indagou:

– Zé, o que faço com você para que seus dedos parem de sangrar?

– Coloque uma rolha! – exclamei.

A história se espalhou e ganhei o apelido: Zé Rolha.

Estava com quase trinta anos quando me apaixonei por Luzia, uma morena faceira, que tinha dois filhos. Fomos morar juntos. Mamãe não gostou, achei que era por ciúmes. Fiz de tudo para agradá-la. Ajudava-a no serviço de casa e tratava bem os filhos dela. Para mim, estava tudo bem, já fazia quatro anos que estávamos juntos quando percebi que meus amigos me olhavam de modo diferente ao me cumprimentarem, davam sorrisinhos marotos. Descobri que Luzia me traía. Fiquei desgostoso e voltei a morar com minha mãe.

– Como sinto saudade da senhora, mamãe! – exclamei suspirando.

Voltei a lembrar:

Um amigo me falou que em determinado local estavam contratando pessoas para trabalhar numa fazenda. Fomos lá. De fato, um senhor estava mesmo admitindo homens para trabalhar numa fazenda longe dali. Dava preferência a jovens e solteiros. Já não era jovem, estava com trinta e cinco anos, mas era solteiro.

– Devia ter desconfiado! – resmunguei.

Vomitei novamente, sentia-me fraco. E os pensamentos continuaram...

Despedi-me de mamãe e vim para esse lugar. Muito longe. Aqui ficamos isolados. Não recebemos nada do que nos foi prometido. Temos de comprar tudo, até alimento, que é muito caro. E, para comprá-los, contraímos dívidas e tornamo-nos todos devedores. Não temos onde dormir, não podemos ir embora e somos obrigados a trabalhar muito, e todos os dias. Os capatazes nos vigiam e até batem em quem os desobedece.

– Somos escravos! – murmurei baixinho.

Não tive mais notícias de minha mãe.

– Mamãe, como a amo! Que saudades – falei suspirando.

Já fazia três anos e não soubera mais nada do que acontecia fora daquela fazenda. Minha mãe devia estar sofrendo muito não tendo notícias minhas. Ela deveria achar que eu morri. Chorei de saudade e de mal-estar. Porém, não escorriam lágrimas dos meus olhos, achei estranho. Somente depois, na espiritualidade, soube que esse fato pode ocorrer com pessoas desidratadas.

Quando meus companheiros retornaram ao entardecer ao acampamento, foram solícitos, ajudando-me a me banhar. Tomávamos banho num riacho perto dos barracos. Eles também lavaram minha roupa. Eu não quis me alimentar. À noite, cada um se acomodou no seu canto. Meus companheiros, cansados, adormeceram logo; eu não conseguia dormir, estava com dores, enjoo e vomitei várias vezes.

Ao amanhecer estava muito mal. Não conseguia ficar em pé. Meus amigos chamaram os capatazes.

– Zé, fique descansando! – ordenou um dos capatazes.

– Vocês têm de levá-lo ao médico, ele não está bem, vejam como sua barriga está inchada – comentou um dos meus amigos.

Houve uma discussão. Os capatazes não queriam me levar à cidade nem ao hospital, porém meus companheiros exigiam.

Os três capatazes se afastaram, conversaram baixinho e voltaram com a decisão:

– Vamos levar Zé Rolha para o hospital da cidade.

Marcinho e Leo, meus companheiros, ajudaram-me, colocando-me deitado atrás da camionete. Dois dos capatazes entraram no veículo e partimos. A estrada de terra com muitos buracos fazia o carro dar solavancos, que me maltratavam; vomitei muitas vezes.

Depois de um tempo, pararam. Os dois me pegaram pelos braços e me tiraram do veículo.

– Infelizmente, Zé Rolha, você vai ter de ficar aqui.

– Por favor, não brinquem! O que farei aqui sozinho? Nem andar consigo. Não façam isso – pedi implorando.

– Não dá para levá-lo ao médico ou ao hospital. Se fizermos isso, eles irão nos denunciar. Depois, quem mandou você ficar doente?

Não estava acreditando no que acontecia. Eles me arrastaram para fora da estrada. Ali era uma mata. Pararam num local.

– Vamos fazer logo – disse um deles.

Atiraram em mim. Foram dois tiros no peito. Senti uma dor aguda e terrível me queimar. Fiquei no chão. A dor foi amenizada. Vi os dois cavarem um buraco.

Esforcei-me e levantei. Melhorei dos enjoos e do mal-estar, somente sentia uma dorzinha no peito. Fiquei olhando os dois cavarem e pegarem meu corpo, somente o corpo, porque eu continuava ali, olhando-os. Colocaram-no dentro do buraco e cobriram de terra.

Caminharam para a camionete.

– Ei! *Vocês não vão me deixar aqui, ou vão?* – gritei.

– Você falou alguma coisa? – perguntou um deles.

– Não! – respondeu o outro.

E foram embora.

Observei o local e vi uma árvore muito bonita, andei devagar até ela e deitei à sua sombra.

– *Bem* – resmunguei. – *Há muito tempo queria me deitar durante o dia embaixo de uma árvore. Vou fazer isso agora.*

Acomodei-me, observei-a, achando-a linda. Gostei de ficar ali, foi me dando sono e dormi.

– *Não é que adormeci* – falei baixinho – *embaixo de uma árvore como desejava? Sinto-me melhor. Nem parece que estou doente. Que faço aqui mesmo?*

Lembrei-me. Os dois capatazes me largaram perto da estrada, do mato, atiraram no meu corpo e o enterraram. Apavorei-me e tremi de medo. Pensei nos meus companheiros lá da fazenda e os escutei:

– Zé Rolha está no hospital. Tomara que fique bom!

– O capataz nos disse que, ao sair de lá, ele irá embora. Já não serve mais para trabalhar.

Ouvi os comentários, mas sabia que eles estavam lá no acampamento.

"Estou louco? Delírio? Estou sonhando? Ou... morri?" – pensei.

Senti a resposta na última pergunta. Já escurecia, encolhi-me perto do tronco da árvore, como se essa fosse me proteger e gritei:

– *E agora?*

"Nos momentos difíceis, ore!"

Era como se alguém me falasse. E foi o que fiz. Ajoelhei-me no chão e roguei ajuda.

– *Minha Mãe do Céu, Senhora Nossa, socorra-me! Acho que morri! Mande-me, por favor, seu terço para que eu possa por ele subir ao céu. Amém!*

Orei mais ou menos assim, porém repetindo muitas vezes o nome de Nossa Senhora, chamando por auxílio. E ele veio.

Vi uma luz que julguei ser Maria, mãe de Jesus, e escutei alguém me pedir para ter calma. Vi dois vultos que foram tomando a forma de dois homens risonhos e de semblante tranquilo.

– *Morri?* – perguntei a eles.

– *Somente seu corpo físico* – respondeu um deles.

– *Que será de mim agora?* – indaguei-os, sentindo grande autopiedade.

– *Vai continuar vivendo em um local que fez por merecer. Será feliz, amigo! Venha conosco!*

Ajudaram-me a levantar; demos alguns passos e entramos num veículo, achei que era uma camionete. Somente tempo depois vim a saber ser um aerobus, um transporte que se usa aqui na espiritualidade.

Acomodamo-nos no veículo; dormi tranquilo. Acordei num leito macio e cheiroso e estava com roupas também limpas. Senti-me maravilhosamente bem. Espreguicei-me e um senhor me cumprimentou sorrindo:

– Bom dia, José Pedro! Como está? Quer se alimentar?

Ofereceu-me uma bandeja com sucos, frutas e pães.

– Sinto-me um rei sendo servido. Obrigado!

Fiquei dias ali e me senti felicíssimo. Estava num quarto com banheiro, comendo alimentos gostosíssimos. Tudo era muito limpo, eu estava descansando e sentindo-me bem. Agradecia a Deus e às pessoas que me serviam.

Minha adaptação no Plano Espiritual foi prazerosa. Passei a fazer pequenas tarefas e, o melhor, fui para a escola aprender a ler e a escrever.

Desencarnei por causa dos tiros, mas meu corpo físico, com apendicite aguda, ia mesmo desencarnar. Em momento algum tive rancor, raiva dos dois capatazes ou de outras pessoas.

Soube de minha mãe; ela estava muito triste por não saber de mim. Sozinha e doente, tentava se sustentar com esmolas. Nem dois anos haviam se passado, quando mamãe desencarnou e pôde vir ficar comigo. Nosso encontro foi emocionante, choramos abraçados. Assim que ela se recuperou, fomos morar juntos numa casinha linda. Minha mãezinha também foi estudar.

Aprendi muito na espiritualidade, podendo colocar os ensinamentos em prática. Não recordei de minhas outras passagens pelo Plano Físico, minhas outras encarnações. Soube somente que fora anteriormente um capitão do mato, um perseguidor de escravos. Por atos maldosos que pratiquei sofri muito por remorso e essa encarnação foi uma bênção, quitei minhas dívidas. E, graças a Deus, não me sinto mais devedor. Não tenho mais carma negativo[1].

Anos se passaram, tive a bênção de ser útil em várias formas de servir. E sempre gostei de sentar embaixo de uma árvore, nas minhas horas de folga, durante o dia. Fiz desse ato um exemplo que deveria ser seguido por todos. As árvores nos dão muitos benefícios e nada nos cobram por eles. Desse modo devo agir,

---

1 N.A.E.: Carma: expressão popularizada entre os hindus, que em sânscrito quer dizer "ação"; a rigor, designa "causa e efeito". Leia mais: Ação e reação. Francisco Cândido Xavier. Ditado pelo Espírito André Luiz. Capítulo 7, 16a edição. Rio de Janeiro: FEB, 1993.

fazendo o bem, porque assim tem de ser feito. Quando desencarnei acomodei-me debaixo de uma árvore, e aquela sombra foi um acalento, um abrigo. Assim, desejei ser também um abrigo de consolo para os outros, e tenho me esforçado para conseguir.

Quando pude escolher em que trabalhar, fui contente fazer parte de um grupo de socorristas que auxiliam pessoas que foram assassinadas. Tenho, nesta tarefa, visto muitos fatos tristes de torturas e crimes cruéis. Tentamos amenizar essa passagem difícil, às vezes, sem poder fazer nada, então oramos ao lado dos que agonizam. Tenho a impressão de que somos como as árvores que lhes dão sombra contra o calor do ódio. Temos carinho e damos atenção especial para crianças que tiveram o corpo físico assassinado. O socorro é realizado de muitas formas. Tentamos desligar o espírito da matéria morta, dar os primeiros socorros, mas somente são levados para os abrigos aqueles que perdoam e querem receber o que as casas de auxílio, aqui no Plano Espiritual, têm para oferecer. Muitos desses socorridos não ficam nos nossos postos de socorro, não aceitam o que oferecemos, acham rígida a disciplina das casas, saem e quase sempre querem se vingar.

Para nós, os socorristas, não importa o que fez o desencarnado para receber a reação de ter o corpo físico morto nessas circunstâncias. Fazemos tudo para auxiliá-lo e oramos também pelos assassinos. Sabemos que quem faz, para si faz. E crimes cruéis trazem consequências terríveis para quem os comete. A crueldade é como um lodo fétido grudado no perispírito, e são necessárias muitas lágrimas de dor para limpar.

Amo o que faço e respondo carinhosamente às indagações que escuto dos socorridos: "E agora? Que faço?".

– *Perdoe, peça a Deus auxílio e confie! Porque não acabamos com a morte do físico, a vida continua. E sempre encontramos sombras de árvores a nos dar descanso nas caminhadas da vida.*

José Pedro

Explicação de Antônio Carlos

Vemos, na história de José Pedro, que ele resgatou pela dor erros cometidos em vida passada. Agiu como alguém que, tranquilo e aliviado, foi quitando suas dívidas e no término ficou feliz por dizer: "Quitei!". Poderia, José Pedro, ter resgatado com trabalho no bem, ajudando a outros. A escolha foi dele. Mas esse meu amigo ajudou muitas pessoas. Caridade material, segundo ele, fez pouco, pois não teve condições. Mas não esqueçamos do óbolo da viúva[2] , do Evangelho. Foram muitas as vezes em que ele se alimentou pouco para dar sua porção aos outros, trabalhou mais para os companheiros descansarem, e fez muito bem ao seu próximo; porém, para ele que era humilde, achou que não fizera nada, mas fez, pois foram esses atos que lhe deram crédito.

O socorro realizado, no qual necessitados são levados aos abrigos, postos de socorro, colônias, é visto pelos socorridos de muitos modos. Para alguns estar na enfermaria num hospital da espiritualidade não é bom. Como também outros não acham bonitos os lugares simples como essas casas de auxílio. Muitos se incomodam com a ordem e a disciplina que tem de existir nos abrigos. E para outros, como José Pedro, são realmente locais de alegrias, felicidades, pessoas assim se afinam e os têm por moradia.

O grupo de socorristas do qual José Pedro faz parte realiza um excelente trabalho de auxílio, e, infelizmente, eles têm tido muito o que fazer. A violência aumenta em períodos difíceis, e eles com carinho, e muito amor, tentam socorrer vítimas dessa violência e, dentro do possível, de suas metas de trabalho, fazem de tudo para ajudar pessoas que foram assassinadas.

---

2 N.A.E. KARDEC, Allan. *O Evangelho segundo o espiritismo*. Capítulo 13, item 5

E José Pedro não somente dá sombra aos seus acolhidos como também doa frutos de amor para alimentar almas, deixando em cada coração consolado uma semente da gratidão que certamente um dia germinará, despertando neles a vontade de mudar a forma de viver.

14 - Os abusos do sexo

— *Você morreu, Mercedes! Está mortinha!* — exclamou com maldade um homem de aspecto sinistro.

— *Não! É mentira!* — gritei desesperada.

— *Está morta, sim! Infelizmente é verdade!* — disse uma mulher suja e muito pintada.

— *Quem é você?* — indaguei-a.

— *Pombagira[1]!*

Estava muito perturbada, cansada e com falta de ar. Estava no meu quarto, no casarão, chamávamos de casarão o bordel. Era uma construção antiga, muito grande e com vários quartos. Residia ali havia anos e gostava muito. A casa era organizada, os proprietários eram um casal de estrangeiros que alugava os quartos, promovia festas, mantinha os empregados e seguranças.

Eu não frequentava nenhum culto ou igreja, mas orava e pedia sempre para Nossa Senhora me amparar. Algumas mulheres do

---

1 N.A.E. "Pombagira: ou Pombajira, é uma expressão original do dialeto banto da África. É a companheira de Exu. Fonte: Dicionário Aurélio.

casarão frequentavam um terreiro de candomblé e elas diziam que Pombagira era a protetora das prostitutas. Olhei-a, examinando-a. Achei que estava sonhando.

A porta do meu quarto abriu e três mulheres que residiam comigo entraram conversando.

— Vamos pegar para nós as roupas da Mercedes, as que podem nos servir. O resto vamos doar.

— Que morte estúpida! Vocês não acham?

— Toda morte é um horror! Não acredito que Mercedes tenha se suicidado!

— Para mim, ela não se suicidou! É mais fácil para a polícia e para os proprietários dizer que ela se matou. Um crime sempre é malvisto.

— Temos de nos cuidar! Ninguém dá valor à vida de uma prostituta!

Conversavam sem parar, falando de mim. Pegaram tudo o que era meu e saíram.

— *Quero acordar!* — gritei batendo a cabeça na parede.

— *Mercedes* — falou a mulher que se denominou Pombagira —, *calma! Você de fato morreu!*

— *Eu?! Morri?! E agora? Faleci como? Eu não me suicidei!*

— *Claro que não! Se tivesse se suicidado estaria junto de seu corpo físico, vendo e sentindo os vermes devorando-a. Vou ajudá-la a se lembrar. Chantageou aquele homem e ele a matou de forma que pudessem pensar que você se suicidou.*

Lembrei-me, estava encontrando ultimamente com um homem que tinha fama de maldoso. Ele estava me tirando dinheiro e eu o ameacei: se ele não parasse eu ia contar para a mulher dele tudo o que fazia de errado . Ele riu e não se importou. No dia da minha morte eu estava na banheira tomando banho e ele apareceu de repente, devia estar escondido no banheiro. Tampou meu nariz e boca com um pano molhado em algum remédio que me fez perder os sentidos, depois afundou minha cabeça dentro d'água e afoguei-me.

– *Que horror!* – falei chorando. – *Ele não vai ser punido? Assassinou-me!*

– *Nossas companheiras de prostituição têm razão, ninguém se interessa muito pelo que acontece com uma prostituta. Ainda mais quando já se está ficando velha! Mas ele matou, é um homicida, pode até ficar sem punição no corpo físico, mas um dia terá a reação. Pois tudo o que fazemos de ruim fica marcado em nós, pecados nos pesam de tal maneira que não conseguimos ir para lugares melhores.*

– *Você não está alegre! Pombagira não é animada?*

– *Fui prostituta quando encarnada e não consigo me livrar dos meus vícios de fumar, beber e fazer sexo, por isso, fico mendigando as sensações dos encarnados.*

– *Está tudo complicado demais!* – expressei-me, lamentando. – *Não entendo, morri e estou viva! Irei para o inferno?*

– *Será que você ainda não percebeu que inferno é tudo isso? Vou lhe mostrar como será sua vida de agora em diante!* – falou ela.

Puxou-me pela mão e me levou a um lugar estranho, mas conhecido por mim.

– *Você, Mercedes* – explicou-me a mulher –, *vinha aqui quando deixava seu corpo carnal dormindo. Estamos ligados ao que cultuamos* – suspirou. – *Tive um nome quando encarnada, chamava-me Vera. Agora, as vezes, me chamam lá no terreiro de Pombagira, titulo que gosto acho importante. Você também será uma Pombagira, uma das secundárias como eu. Vai viver neste lugar e para se alimentar terá de sugar energias dos que estão encarnados lá no bordel. Você é viciada, e a morte não nos livra dos vícios. Sentirá vontade de fumar, beber e fazer sexo, como também de se alimentar, terá sede e dores. Você deve ter cuidado e ser cautelosa. Aqui temos chefes e a aconselho a obedecer, senão receberá castigos terríveis.*

Aquela mulher me mostrou tudo. Ali havia algumas casas e um salão enorme para festas. Vi muitas pessoas que pareciam ter relações sexuais no chão, pelo gramado feio e seco, sem se importar com os outros. Havia pessoas ali que eram diferentes. Ela me explicou:

– *Esses com cordões são encarnados e os outros, desencarnados como você e eu. Encarnados afins visitam este lugar quando seu corpo físico dorme. Alguns lembram como sonhos eróticos.*

– *Está sempre na penumbra?* – perguntei.

– *Sim, está* – respondeu ela. – *Mercedes, ali naquela casa mora a chefe que comanda este local. Se ela precisar de você, manda chamá-la. Para viver razoavelmente aqui é melhor evitar complicações e brigas. Agora tenho de me ausentar, você fica por aí, à noite venho buscá-la para levá-la ao bordel.*

Fiquei sozinha, tive medo e vontade de chorar. Um homem tentou me agarrar, tive de lutar para me livrar dele. Vi outro homem chorando, sentei perto dele, que me falou desabafando:

– *Estou cansado! Nunca pensei que cansaria de sexo. Tenho pensado muito na minha avó, no que ela me dizia: "Todo abuso cansa!". E esse cansaço me faz sofrer!*

Uma mulher o puxou e rolaram pelo chão.

Quando minha companheira veio me buscar, falei a ela:

– *Aqui, alguns parecem estar infelizes! Por quê?*

– *A morte do corpo é complicada e ao mesmo tempo simples. Sentir de um jeito ou de outro depende da pessoa. Por isso não complique a sua. Aqui, Mercedes, não é um paraíso, deve ter percebido. Você não estaria num local desses. Inferno também como nos ensinaram, fogo eterno, também não o é, chamamos esse lugar de umbral. E aqui, especialmente, moram os que abusaram do sexo, sejam homens ou mulheres. Para uns é uma escola de correção, para outros ainda é por algum tempo uma fonte de prazer.*

– *Não pensei que depois de mortos continuaríamos abusando do sexo* – falei.

– *Somente o corpo de carne morre. Continuamos vivos e nós construímos, encarnados, a nossa vida depois que desencarnamos. Somos agora desencarnados e não usufruímos do sexo no físico; para ter as sensações temos de vampirizar os encarnados. Não percebe, Mercedes, que isso aqui é um castigo?*

– *Você sente-se bem, é feliz?* – indaguei-a.

– *Não sou! Queria ter morrido mesmo. Acabado! Meu corpo físico ficou doente, morreu e continuei a viver erradamente. Chega de conversas desagradáveis. Vamos ao bordel.*

Lá, vi muitos desencarnados ficarem perto de encarnados e sentirem como se estivessem fumando, embriagando-se e sentindo os prazeres do sexo.

Senti muita vontade de fumar e fiz como os outros desencarnados que estavam lá. Saciei minha vontade, senti como se estivesse fumando etc.

E assim vivia, ora estava no umbral, naquele estranho lugar onde era visitada por muitos encarnados, ora estava no bordel vampirizando os encarnados. Tornei-me para aquele terreiro que as moças do bordel frequentavam uma Pombagira secundária, aquela que somente pode vampirizar e fazer pequenos favores aos frequentadores do bordel para ter o gozo de seus vícios.

Via sempre meu assassino que continuava a enganar, a trair e não tinha nenhum remorso de ter me matado. Ele estava envolto por uma sombra negra, característica dos homicidas. Não gostava de vê-lo.

Cansei de viver daquele modo. O vazio dentro de mim passou a doer. Comecei a sofrer. Tinha medo de dizer e receber castigo.

Passavam por ali, no umbral, alguns desencarnados diferentes que eram chamados por nós de muitos nomes depreciativos. Comecei a prestar atenção neles, observava-os de longe. Eram tranquilos e felizes. Um dia, aproximei-me deles e pedi com sinceridade:

– *Por Deus, ajudem-me! Não quero ser mais má! Quero auxílio!*

Eles me levaram para um hospital. Fui tratada pela primeira vez como um ser humano, como o próximo deles. Compreendi que errara muito e quis me modificar.

Erramos muito com o abuso e quando nos perdemos nos vícios. Tive de fazer um longo tratamento para me livrar dos reflexos que sentia do meu corpo físico, pois ainda eram muito fortes no meu perispírito, e também para não ter mais vontade de fumar, embriagar-me e entender a função verdadeira do sexo.

É muito triste lembrar de tudo o que me aconteceu. Em bordéis, locais como motéis e onde as pessoas bebem, fumam, drogam-se, há sempre desencarnados para sugar, vampirizar para sentir sensações. Depois, quando esses encarnados mudam de plano, quase sempre continuam indo a esses lugares para vampirizar a outros. É um círculo!

Escutei quando estava no umbral de uma companheira de infortúnio: – *Mercedes, você já gostou muito de um determinado alimento? Comeu tanto que enjoou? Gostamos de sexo, abusamos e aqui o temos até enjoar. E quando enjoamos é o começo do castigo, não conseguimos parar.*

Tive a vida que escolhi. Fui prostituta por opção. Fui humilhada, levei muita surra, mas bati também. Odiei meu assassino; mas o ódio passou e tive dó dele porque sei que ele sofrerá um dia. Conheci no bordel algumas mulheres que não tiveram escolha, estavam ali por vários motivos e não gostavam. Quando morei no casarão, ajudei muitas moças a saírem de lá e a obterem outra forma de sobrevivência.

Agora que conheço a vida digna que um desencarnado pode ter, compreendo o tanto que os viciados sofrem. Fui viciada em sexo, fumo e bebida. Desencarnei, e a eles fiquei presa. Continuei a fazer com a minha mudança de plano o que fazia quando encarnada, porém de modo diferente, mas tentando usufruir dos vícios. Sofria e não conseguia largar. Até que tive coragem para mudar. A indagação que fiz ao ter meu corpo físico morto foi confusa, primeiro pensei que estava sonhando, depois entendi que a vida continuou e para mim sem muitas diferenças.

Ainda estou em tratamento, estudo e faço pequenas tarefas. Somente vou pedir para reencarnar quando estiver bem segura. Sei que terei de passar por provas no plano material e só poderei dizer que me curei dos vícios tendo oportunidades de usufruí-los e negá-los. E benditas são essas oportunidades!

Mercedes

Explicação de Antônio Carlos

Escutamos conselhos cautelosos para sermos cuidadosos com aquilo a que nos dedicamos na vida encarnada. Vícios nos prendem, virtudes nos libertam. Os reflexos do corpo físico são muito fortes naqueles que cultuaram o envoltório carnal. Além de sentir fome, sede, frio, dores, também sentem desesperadamente a falta do objeto de seus vícios.

Sabemos de muitos desencarnados que saem de locais de socorro por causa do fumo, da bebida e das drogas. Temos a liberdade de nos ligar ao que queremos, a atitudes boas ou más, porém, se as ações são consideradas nocivas, teremos muita dificuldade para nos libertar.

Novamente digo, já repeti muitas vezes, desculpe-me o leitor, mas são nossas ações que nos acompanham, são a nossa propriedade verdadeira. Sei de muitas mulheres que foram prostitutas, que desencarnaram com muitas boas ações e não passaram pelo que essa nossa convidada passou.

Mercedes foi assassinada e desligada por desencarnados que frequentavam o ambiente onde vivia. Esse processo de desligamento, de tirar o espírito vivo, pois este não morre, da matéria carnal morta, é tarefa para os que sabem e muitos moradores do umbral sabem e fazem.

Pombagira são desencarnados, principalmente os que vestiram quando encarnados uma roupagem feminina. Fazem favores aos que estão no Plano Físico e tenho visto elas ajudar prostitutas.

Não é uma entidade somente que recebe esse título de Pombagira. São muitas que se apresentam em terreiros, ou seja, em lugares que usam a mediunidade.

O perispírito é idêntico ao corpo físico, e aqueles que cultuam muito o sexo podem ir a esses locais no umbral e plasmarem uma relação sexual. Mas é vampirizando encarnados que julgam ter prazer. Muitos se iludem vivendo com o perispírito, achando que estão na vestimenta física e fazem quase tudo o que os encarnados fazem.

Pelo umbral existem muitos lugares onde se agrupam desencarnados, tanto homens quanto mulheres, que abusaram do sexo. São locais que causam tristeza. E esses moradores tanto ficam lá como junto de encarnados afins.

15 - A guerra

Eu, Darcyllei, Darcy, como me chamavam e chamam, desencarnei numa guerra.

Lembro-me de todos os acontecimentos e faço o relato como se falasse a você, amigo leitor.

Vivia encarnado muito bem. Se às vezes reclamava era por aborrecimentos simples ou corriqueiros. Compreendo agora que era feliz. Família estruturada, pais bondosos, irmãos que me queriam bem, e eu a eles, esposa amada e uma filhinha linda e saudável.

Militar por vocação, almejava fazer carreira e me aposentar com patente de general. Para isso, era dedicado e estudioso.

Surgiu a guerra, num país longínquo. Não tínhamos nada que ver com essa disputa sangrenta.

Fui convocado junto de outros companheiros para participar do conflito. Fomos enviados para patrulhar o local como emissários de paz.

A despedida foi muito emocionante; sofremos. Abraçamos nossos familiares demoradamente. Recebi recomendações e fiz algumas.

Mamãe, minha esposa e minha filhinha abraçaram-me chorando.

— Deus o abençoe, meu filho!

— Tchau, papaizinho!

— Não se esqueça de nós, amor!

E lá fui eu. Terra distante, costumes diferentes, língua incompreensível, tivemos de nos esforçar para fazer nosso trabalho a contento. Fomos bem recebidos pela maioria da população, percebemos que eles sofriam demais. Muitos deles ansiavam pela paz. Soubemos de vários abusos, barbaridades e atrocidades. A guerra dá oportunidades para que muitas pessoas cometam atos que não seriam cometidos em outras épocas. Percebíamos o sentimento de ódio nos olhares, nos gestos e nas falas.

Ficamos acampados perto de uma cidade. Por ali, eram poucas as famílias que não tiveram um de seus membros padecidos com aquela guerra. Por todos os lados havia sinais de violência; vimos sangue na terra batida de uma estradinha, que por ela íamos em direção a uma fonte de água.

Reuníamo-nos todas as tardes para orar pelos mortos, por aqueles que sofriam e por nós. Estávamos temerosos.

— Não estamos protegidos aqui — alertou meu superior. — Eles se odeiam muito e desejam vingança. Não irão parar de guerrear. Devemos estar alertas.

Fomos atacados numa emboscada, à noite. Fui ferido, senti um ardume no peito como se tivesse sendo queimado. Foram momentos de agonia, correria, gritos e tiros. Eu sangrava muito. Um médico aproximou-se de mim.

— Salve-me, por favor! Não quero morrer! — roguei.

Ele não entendeu o que falei, mas sentiu meu apelo, olhou-me com bondade. Examinou-me rapidamente, colocou uma atadura no meu ferimento e disse algo que não entendi. Compreendi que ele me acalentava, tentava me dar ânimo. Mas percebi seu pensamento, meu estado era grave.

Senti dores, fui sumindo, ou apagando, estava perdendo os sentidos, esforcei-me ao máximo para ficar acordado. Recordei-me. Foi como ver um filme dentro de minha mente. Vi-me pequeno recebendo os beijos estalados de minha mãe. Papai sorrindo, abraçando-me. Meus avós me agradando e fazendo afago. Vi-me andando com mamãe, nós dois passeando com nosso cãozinho. Minha mãe sorridente cumprimentando a todos: bom dia! E ela me dizendo:

— Filho, devemos desejar com sentimentos bom-dia às pessoas! A felicidade está nas pequenas coisas, nos atos simples.

E os cumprimentados respondiam alegres e sorrindo.

Minhas formaturas. Lembrei-me da pré-escola, estava vestido de beca. Vi, num relance, os fatos importantes de minha vida: meu casamento, o nascimento de minha filha... Ao me recordar dela, tive vontade de lutar pela vida. Com muito esforço abri os olhos.

Os tiros haviam parado, chegou o reforço. Outros médicos e enfermeiros entraram no nosso acampamento, colocaram-me numa maca e entramos numa ambulância. Mais confiante relaxei e apaguei de vez. Dormi.

Acordei e senti algo estranho, sem entender como, vi-me sendo levado para o hospital, onde desencarnei. Em lances rápidos vi meu corpo ser levado para meu país e enterrado como herói. Senti por momentos a dor de meus pais, o choro de minha esposa e a lamentação de amigos.

— *Não devo pensar nisso* — disse baixo. — *Não devo dar atenção a sonhos.*

Abri bem os olhos e sentei no leito. Olhei curioso para o local em que estava e continuei a falar:

— *Estou num hospital!*

Estava numa enfermaria com muitos leitos, todos ocupados. Vi no leito ao meu lado um companheiro e amigo, estudamos juntos, e fomos convocados na mesma época.

– *Você também está ferido?* – indaguei-o.

Ele me olhou de forma estranha, parecia embriagado, pensei que talvez estivesse anestesiado.

– *Não sei* – respondeu ele. – *Parece que levei um tiro, senti-o na cabeça e desmaiei. Acordei e não tenho nenhum ferimento.*

– *Vocês não estão desconfiando de nada?* – disse um outro soldado do leito ao lado. – *Fomos feridos e não temos ferimentos. Acho que morremos! Deve ser isso, nosso corpo teve suas funções cessadas e, como espíritos não morrem, estamos nos sentindo vivos, porém estamos mortos.*

Olhei para o meu peito, abri a camisa. Nada. Não havia ferimento. Alegrei-me. Sonhara. Não tivemos ataque e não fora ferido. Mas por que estava naquela enfermaria? Senti um medo terrível e indaguei ao moço que falou:

– *Por que disse isso? Acha mesmo que morremos?*

– *Não é agradável essa ideia. Mas estou raciocinando. Estávamos no meio de uma guerra horrorosa. Todas as guerras são horríveis! Fomos atacados. Fui atingido aqui na testa, senti o sangue escorrer. Agora estou aqui nesta enfermaria desconhecida. Li alguns livros espíritas, algo a esse respeito. Minha avó segue essa Doutrina e, segundo ela, morrer é assim mesmo. Algo bem natural.*

– *Não! Não quero morrer! Tenho somente vinte e seis anos, estou noivo! Não quero morrer! Por Deus, não quero!* – meu amigo gritou desesperado.

Tremi de medo em pensar que fosse verdade, e também de ver meu amigo gritando. Duas pessoas vestidas de branco vieram correndo para perto de nós. Tentaram acalmá-lo. Não sei como, fizeram-no dormir, não vi aplicarem nada nem injeção. Fiquei encolhido no leito. Perguntei para a moça que viera com um senhor ajudar meu amigo:

— *Estamos mortos? E agora?*

— *Acalme-se e confie! Em qualquer lugar que estejamos, Deus está conosco!*

Tive vontade de chorar; ela se aproximou de mim, pegou na minha mão e continuou a falar:

— *Darcy, você está entre amigos, não se desespere, ore e tente ficar tranquilo. Vivos estamos sempre, ocorreu com vocês uma mudança e...*

— *Malditos! Mato-os! Ignorantes!* – gritou um rapaz que estava perto de nós e que saiu chutando tudo o que via pela frente.

O outro que estava ao meu lado me aconselhou:

— *Darcy, não faça como ele, se sair daqui irá vagar entre os mortos da guerra que se odeiam.*

Não odiava, tinha pena de todos, principalmente dos que padeciam e de mim. Fui morto num conflito que nem era meu. A moça sorriu e me acalentou:

— *Ainda bem, Darcy, que não odeia e sente que o conflito não é seu. Deite-se direito, relaxe e durma.*

Ela, pelo visto, tinha muito que fazer. Escutei gritos de dor e revolta, e a moça afastou-se apressada. Olhei para o moço ao lado – o que havia falado comigo –, ele sorriu e disse:

— *Chamo-me Téo, não se apavore!*

— *O que irá nos acontecer?* – indaguei aflito.

— *Temos de dar graças a Deus por estarmos aqui. Pelo que sei, estamos socorridos. Os desencarnados bons devem ter nos trazido para cá e nosso corpo físico deve ter sido enterrado. Venha cá! Venha espiar lá fora pela janela.*

Levantou-se e aproximou-se de mim, puxando-me pela mão. Levantei, estava tonto, mas fui com ele até a janela que estava fechada por um vidro.

— *Olhe, Darcy! Lá fora há guerra! Veja! Ali estão os que morreram sentindo ódio, eles continuam lutando. Vê aqueles ali? Sentem tanta revolta que se agridem.*

Creio que nunca vou esquecer o que vi: muitos mortos como nós, sangrando, feridos; alguns pareciam atirar; outros se agrediam com facas, pedras, murros e tapas. Xingavam-se e blasfemavam com muito rancor.

Chorei. A moça aproximou-se novamente. Nós dois a olhamos. Pedi explicações com o olhar. Ela falou compassadamente:

– *Sentimentos fortes nos acompanham após o corpo físico ter falecido. Aqueles que vemos ali são todos desencarnados, isto é, vivos em espírito. Não somente guerreiam, mas se odeiam. O ódio os perturba e continuam querendo o mal do próximo, dos que julgam inimigos.*

– *Até quando ficarão assim?* – perguntou Téo.

– *Até se sentirem cansados de sofrer e resolverem perdoar e pedir perdão* – respondeu ela.

– *O que vai ser de nós?* – perguntei.

– *Serão transferidos para o país de vocês. Lá irão para as cidades espirituais, as quais chamamos de colônias, e que se localizam no Plano Espiritual, perto da cidade em que residiam quando encarnados. Nesse local irão receber orientações e aprenderão a viver com o corpo que agora vestem : o perispírito. Verão que a vida continua!*

Senti muita pena de mim, chorei e lamentei-me:

– *Nada será igual! Deixei os que amava!*

– *Tem razão* – concordou a moça –, *nada será igual! A vida na espiritualidade é diferente, embora muitos a achem parecida. Darcy, quando amamos, o amor nos acompanha, e esse sentimento nos fortalece. Você vai se acostumar! Também deixei o corpo jovem, família, um noivo e muitos amigos. Pensei, ao voltar para a espiritualidade, que os havia perdido. Mas não, eles continuaram me amando e eu a eles. Senti muito por ter feito essa mudança, mas, como sempre, resolvi reagir. Aceitei a desencarnação quando passei a preocupar-me e ajudar os que sofrem.*

Fomos transferidos. Embora achando tudo muito bonito, estava triste. Não queria ter feito a mudança de plano. Mas tive uma agradável surpresa: meus dois avós me esperavam e deles recebi afago, incentivo, carinho e orientação. Não foi fácil, a saudade doía e queria estar encarnado. Desejava estar em casa, vendo minha filhinha crescer, ajudar minha esposa e beijar meus pais. Atos simples que gostava tanto de fazer e que agora eram tão valiosos para mim.

Meu tempo foi preenchido. Para aprender a viver no Plano Espiritual fui estudar. Passei a realizar tarefas, a participar de um coral, a praticar esportes e a ler livros.

Adaptado, pude receber visitas de meus familiares encarnados como também pude vê-los em ocasiões especiais.

Sou útil e me esforço para ser cada vez mais. Nos dois planos, Físico e Espiritual, faltam servidores. Sabendo disso, desejo ser um servo e fazer com carinho um trabalho de auxílio. Aquela socorrista que me ajudou no posto de socorro daquele país em guerra tinha razão: somente estaremos bem quando a preocupação com o próximo for maior do que a conosco.

Darcyllei

Explicação de Antônio Carlos

Não é agradável ver uma batalha onde as pessoas se ferem ou se matam. É mais triste ainda ver esses acontecimentos do Plano Espiritual. Muitos que desencarnam numa guerra podem ser socorridos de imediato, outros não. Vimos, no relato desse convidado, que ele e alguns companheiros puderam receber o socorro. Os que odiavam, desligaram-se do corpo físico morto; porém sentiram os ferimentos e a dor lhes dava mais revolta, por isso continuaram guerreando.

Devemos orar sempre para que os homens se entendam e que não se façam mais guerras.

Darcy sentiu a mudança de plano, e é natural que muitos a sintam. Deixar tudo o que se ama não é fácil. Mas, diante da desencarnação, temos de nos esforçar para nos acostumarmos a viver na espiritualidade e amar também outras coisas e pessoas.

Jesus nos recomendou que nos cingíssemos com cinto para a viagem. Naquele tempo as viagens eram feitas quase sempre a pé e era necessário um bom preparo. O Mestre Jesus compara a desencarnação com uma viagem que teremos de fazer, e, como não sabemos quando iremos viajar, devemos estar preparados. Reencarnar, viver provisoriamente no Plano Físico encarnado e desencarnar são acontecimentos naturais; sábios são os que conseguem compreender isso.

E esse convidado terminou seu relato com uma grande verdade que se resume em: É dando que se recebe.

16 - Somos espíritos

Tinha muito medo, pavor mesmo de espíritos. Se me falassem que em tal lugar havia espíritos não passava nem perto. Somente depois de ter voltado à pátria verdadeira, a espiritualidade, foi que compreendi que somos espíritos e que eles coexistem no corpo físico.

Minha vida encarnada foi complicada. Éramos cinco irmãos, meu pai era pessoa severa, que nos educou dentro dos bons costumes, porém ele não tinha muita paciência comigo. Meus familiares achavam que eu era estranha, diferente dos outros. Normalmente sabia o que iria acontecer com todos nós, quem da família morreria ou se acidentaria etc., isto é, previa o futuro. Via vultos, ouvia risadas e tinha horríveis pesadelos que se repetiam. Sonhava que estava num caminho estreito que contornava uma cachoeira alta e as águas batiam nas pedras. Pegava três crianças e as jogava lá de cima, e ria. Depois escutava um homem dizendo: "Recorda seu crime! Você pagará por ele!".

Corria desesperada e caía. Acordava quase sempre gritando, suando e tremendo.

Não gostava de estudar e frequentei a escola somente por quatro anos. Meus irmãos arrumaram empregos e eu fiquei ajudando minha mãe nos serviços de casa. Mesmo sendo estranha, medrosa e saindo pouco de casa, arrumei um namorado, que era nosso vizinho. Meus pais gostaram dele, pois era um moço simples, trabalhador e bondoso.

Num domingo, meu pai, um dos meus irmãos e esse moço foram pescar. Aconteceu um acidente: eles estavam num barco e afastaram-se muito da praia, quando foram surpreendidos por uma forte tempestade. O barco virou e somente meu irmão se salvou.

A tragédia me abalou muito e nunca mais fui a mesma. Sentia-me perseguida, ouvia sempre risadas, os pesadelos se intensificaram e comecei a ver meu ex-namorado afogado me pedindo para tirá-lo do mar.

Sofri muito. Não ficava sozinha, passei a dormir com minha mãe. Estava sempre chorando, minha família me levou a médicos e tomei medicações fortes. Depois de um tempo parei de ver meu ex-namorado.

Minha mãe me levou a muitos lugares para receber bênçãos, mas não melhorava.

Fomos a um centro espírita e lá disseram para mamãe que eu necessitava voltar mais vezes. Mas, com medo até do nome do local, que tinha espírita, não quis ir mais.

Passei a ver nos pesadelos o dono da voz que me acusava, era um homem que deveria ter sido bonito, mas quando me olhava com seu olhar frio, transmitindo ódio, era aterrorizante. Acordava e sentia-o ao meu lado.

Anos se passaram. Minha mãe ficou doente e se preocupava muito comigo. Meus irmãos casaram e ela sabia que quando morresse não iriam me querer na casa deles. Às vezes, até meus sobrinhos tinham medo de mim.

Escutava uma voz, sabia ser daquele homem que via nos pesadelos, ele me dizia:

– *Suicida! Não seja covarde! Se você matou as crianças, tenha coragem e se mate!*

– Não! – respondia e às vezes até gritava. – Não vou me matar! Não vou assassinar mais ninguém!

Todos achavam que eu falava sozinha, mas estava respondendo à voz que escutava, do obsessor.

– Mamãe – eu pedia –, vigie-me, não quero me matar!

Um dia saí de casa para dar uma volta e tive vontade de me jogar na frente de um caminhão. Cheguei a ficar parada no meio da rua escutando a voz: *"Mate-se covarde! Morra!".*

Pessoas que passavam pela rua ao me ver ali parada gritavam comigo:

– Sai da rua, Maria do Carmo! Vai para casa!

Uma vizinha me pegou pelo braço e me levou para meu lar. Chorei muito e resolvi não sair mais de casa sozinha.

Esse espírito me falava muito para que me matasse. Mas resisti, somente iria morrer quando Deus quisesse, quando findasse meu tempo de encarnada.

Tomava remédios fortes que me davam um pouco de alívio, mas tinham muitas contraindicações, davam-me dores no estômago e na cabeça.

Como é ruim estar o tempo todo com alguém que nos odeia.

Mamãe passou a frequentar um centro espírita, melhorou de sua doença e eu também. Embora com muito medo, eu ia, às vezes, com ela e comecei a me sentir melhor.

As pessoas que frequentavam esse centro espírita eram bondosas e me tratavam muito bem. Para não dizer que ia num lugar onde tinha o nome espírita, referia-me a ele: A Casa do Caminho, era como chamava. Eles me deram de presente *O*

Evangelho segundo o espiritismo[1] e passei a lê-lo, gostava muito do capítulo: Amai os inimigos e as orações pelos obsessores[2].

Foi-me recomendado que perdoasse aquele desencarnado que me perseguia e lhe pedisse perdão. Comecei a falar com ele quando o sentia por perto:

– Meu irmão, não sei o que lhe fiz. Deve ter sido uma grande maldade para você me odiar assim. Peço-lhe que me perdoe! Se fui má, não o sou mais. Hoje não faço nem sou capaz de fazer mal a ninguém. Rogo por Deus que me perdoe! É perdoando que somos perdoados!

Quando mamãe desencarnou eu estava com quarenta e dois anos e meus irmãos me colocaram num asilo. Não achei ruim, pois lá não ficava sozinha, dormíamos em quartos coletivos. Eles me deixavam ir duas vezes por mês n'A Casa do Caminho.

Um dia, aquele homem, o obsessor, num sonho, despediu-se de mim, dizendo:

– *Vou embora, Maria do Carmo! Adeus! Aproveite os anos que lhe restam na carne e seja boa!*

Não tive mais pesadelos. Sentindo-me melhor, passei a ajudar meus companheiros. Minha família me esqueceu, raramente recebia a visita deles.

Desencarnei com cinquenta e oito anos. Fiquei doente por meses, câncer nos pulmões, sofri muito, mas tive uma mudança de plano tranquila.

Mamãe me esperava, foi um reencontro alegre, adaptei-me facilmente a minha nova maneira de viver.

Naturalmente, recordei-me de alguns fatos da minha reencarnação anterior. Tive por amante um homem, aquele que foi meu obsessor, que era casado e tinha sete filhos. Ele não me

---

1 N.A.E. KARDEC, Allan. *O Evangelho segundo o espiritismo.*
2 N.A.E. Maria do Carmo se refere ao livro *O Evangelho segundo o espiritismo*, capítulo 12: "Amai os vossos inimigos", item 5 – "Os inimigos desencarnados". E também ao capítulo 28: "Coletânea de preces espíritas", item 5 – "Pelos doentes e obsediados". Se o leitor quiser saber mais sobre o assunto, consulte *O Livro dos Espíritos*, de Allan Kardec, capítulo 9: "Intervenção dos espíritos no mundo corporal".

quis mais e me vinguei dele. Consegui enganar seus dois filhos pequenos que brincavam com um priminho deles. Levei os três para um lugar perigoso, numa cachoeira que ficava perto de onde morávamos. Joguei-os nas pedras. Os três desencarnaram. Ninguém ficou sabendo do que fiz, porém meu ex-amante desconfiou.

– Foi você quem os matou! – acusou-me.

Como neguei, ele fez um juramento.

– Se foi você, eu saberei um dia e aí você me pagará, saberei cobrar até o último centavo!

Separamo-nos e não o vi mais. Anos depois, sofri um acidente e fiquei paralítica. Passei a morar sozinha numa casinha simples e pobre, necessitava de esmolas para me alimentar. Numa tempestade, um raio caiu em minha casa, e essa acabou pegando fogo. Não podendo sair, morri queimada.

Sofri muito quando desencarnei, foi um horror defrontar com a realidade, ir para a espiritualidade com tantos erros cometidos e sendo homicida. Padeci no umbral por anos. Fui socorrida quando me arrependi com sinceridade, e fiz uma promessa a mim mesma de não errar mais. Reencarnei e recebi o nome de Maria do Carmo, e esse que fora meu amante, o pai de duas das crianças que assassinei, ao desencarnar soube de toda a verdade, procurou-me, encontrou-me encarnada e vingou-se obsediando-me.

Vivi no envoltório físico atormentada. Quando começamos, mamãe e eu, a frequentar o centro espírita, os trabalhadores desencarnados de lá foram orientando-o e aos poucos ele foi compreendendo que o ódio não é bom, que deveria perdoar e cuidar da vida dele, pois ele também errara, traíra a esposa, havia me iludido e depois me perseguido. Fiquei livre do seu ódio, mas não da reação de meus erros. Vivi sozinha, sendo incompreendida, sofri muito com medo e por minha doença, o câncer.

Desencarnei sem perceber, tive uma crise forte e essa foi suavizando, adormeci tranquila e acordei sentindo-me bem. Como tinha escutado o pessoal d'A Casa do Caminho falar muito sobre desencarnação, desconfiei que estava na espiritualidade e quando vi minha mãe tive certeza, e foi uma alegria.

– *Mamãe* – disse ao vê-la –, *o que será de mim agora?*

– *Será feliz, porque merece!*

Confiei na minha mãezinha e hoje sou feliz, como também muito grata por termos a oportunidade da reencarnação. Desencarnar tendo como bagagem os erros cometidos é muito triste, deixa-nos inseguros e com medo. Mas quando voltamos ao Plano Espiritual sem erros e com algumas boas ações, esse retorno é agradável.

Às vezes, perseguições como obsessões impulsionam as pessoas a melhorar seu caráter. Esse meu ex-amante me perseguiu, mas não me impediu de progredir.

Quando me senti adaptada tivemos um encontro. Ele se preparava para reencarnar. Pedi-lhe perdão, perdoamo-nos e abraçamo-nos como amigos.

Fui, quando encarnada, obsediada! E isso foi possível porque somos donos de nossos atos. Sentindo-me culpada deixei que outro me cobrasse. Tudo o que fazemos prejudicando o nosso próximo nos faz correr o risco de este não nos perdoar e nos perseguir.

Estou estudando muito para poder fazer parte de uma equipe que ajuda tanto os obsediados quanto os obsessores. Quero, com carinho, auxiliá-los, motivando-os a se perdoarem.

Hoje, acho engraçado o medo que eu tinha dos espíritos. Somos todos nós espíritos, esteja esse revestido ou não do corpo físico.

Maria do Carmo

Explicação de Antônio Carlos

Maria do Carmo tem razão, são obsediados os que permitem. Sentindo-se culpados e devedores aceitam a interferência de outros que lhes cobram, que querem que sofram o que fizeram sofrer.

Ambos, obsediado e obsessor, necessitam de tratamento onde o perdão tem de ser sincero. A reconciliação é necessária.

Nossa convidada recordou-se de duas de suas desencarnações e pôde compará-las: na anterior, em que fez a mudança de plano levando consigo muitos erros, fora homicida, sentira um medo terrível, e sofrera muito. Nessa última, confiou plenamente em sua mãe, que lhe disse que seria feliz. Mereceu o socorro e fez sua passagem tranquila.

Maria do Carmo sofreu por medo, por se sentir diferente e por solidão. Embora tenha aceitado essa perseguição, lutou contra as sugestões desse desencarnado que a odiava e que dizia: mate-se. Esse obsessor sabia que suicidas padecem muito, e, como queria vê-la sofrendo mais, queria que ela se matasse. Mas se ela tivesse se suicidado não teria sido como ele queria, pois seria levada em consideração essa subjugação. Na última encarnação, nossa convidada não fez mal a ninguém e, quando teve oportunidade, ajudou os companheiros do asilo. Não reclamou de seu sofrimento, suportou as dores da doença, o câncer, sem se queixar, e não teve receio da desencarnação.

Nem todas as obsessões são como a que aconteceu com Maria do Carmo, em que houve a reconciliação e nenhuma tragédia. Muitos obsediados trocam ódio com os obsessores e não se perdoam. Infelizmente temos visto muitos obsediados se perturbarem tanto que até adoecem. E muitos outros fazem o que os inimigos desencarnados querem, mais atos errados, aumentando sua colheita de sofrimento. Ou até se suicidam perdendo a oportunidade do aprendizado no Plano Físico.

O perdão é o remédio. O amor é o preventivo. Quem ama não faz o mal. E a obsessão é o resultado de maldades, erros e ausência de amor.

17 - A eutanásia

A dor era insuportável! Não consigo descrevê-la. Era tanta que tive certeza de que sofrimento não mata. Minha doença era incurável, tinha câncer nos ossos, e isso me fazia padecer, havia me transformado. Antes era bonita e, agora, com muitos quilos a menos, estava magríssima, sem cabelos e com expressão de sofrimento, causava pena. Ninguém reconhecia, naquele leito de hospital, a Emília de antes.

— Você quer morrer, Emília? — perguntou meu marido.

Pensei antes de responder. Sempre gostei de viver; era disposta, alegre, animava as festas, os bingos de caridades, fazia reuniões que eram famosas e nas quais recebia amigos. Meus dois filhos eram adultos e me admiravam, tinham orgulho da mãe bonita que aparentava ser mais jovem. Amava meu marido e era amada. Queria viver, sim, mas como antigamente, antes da doença.

Doente, minha maneira de viver mudou, ia somente a médicos e hospitais. Estava cansada e respondi com dificuldade a pergunta do meu esposo:

– Sim!

Ele me beijou, meu irmão me acariciou. Dormi. Que sono estranho, queria acordar e não conseguia. Não sentia mais as dores fortes, mas os mal-estares e os enjoos permaneceram. O que mais incomodava era não conseguir acordar daquele sono ruim.

Com muito esforço abri os olhos. Estava numa enfermaria, onde não tinha aparelhos nem soro. Respirei profundamente e isso me deu um pouco de alívio; dormi de novo. O sono me causava horror, não queria dormir daquele modo.

E assim foi por um tempo, acordava e dormia até que consegui ficar mais desperta. Demorei a conseguir falar. Continuava na enfermaria, porém não recebia mais as visitas dos meus familiares. Era bem-tratada, sentia poucas dores, tinha enjoos e vomitava uma gosma escura. E ainda tinha aquele sono estranho.

Fui melhorando e quis saber o que ocorrera comigo. Por que minha família não me visitara? Como e por que melhorava? Por que estava numa enfermaria?

E as respostas que ouvia me deixavam nervosa; vomitava mais.

Colocaram-me num veículo e descemos num determinado local. A enfermeira que me amparava explicou-me:

– *Aqui é um local de orações, um centro espírita.*

Já ouvira falar de curas realizadas por pessoas, médiuns e achei que me levaram ali para me curar. Alegrei-me e prestei atenção. Gostei das orações, do carinho dos que estavam ali. Mas depois fiquei inquieta. Aproximavam os doentes dessas pessoas pertencentes ao centro espírita, eles falavam, elas repetiam e outras pessoas as orientavam.

Quis mais do que nunca acordar daquele terrível pesadelo, mas sentia estar acordada.

Chegou minha vez. Com carinho uma mulher me fez ver a diferença que existia entre meu corpo e o corpo de quem repetia o que eu dizia. Explicaram-me o que é a morte do físico para todos nós, e que eu havia mudado de plano. Chorei desesperada. Fui consolada.

Voltei para a enfermaria, fiquei apática e não quis levantar do leito. Queria ter a vida de antes, estar bem, junto de minha família e amigos.

Novamente fui levada ao centro espírita. Gostei de conversar com eles, que me animaram; senti-me melhor. Não aceitei a mudança de plano, mas não tinha como reverter a situação e acabei me conformando.

Quando melhorei, soube que meu irmão e meu marido pediram para o médico aplicar-me uma injeção que acabasse com meu sofrimento. Praticaram a eutanásia.

Quando ele me perguntou se queria morrer, respondi que sim. Mas nem desconfiei que eles fossem fazer isso. Quando estamos sentindo uma dor forte, insuportável, queremos nos livrar dela. Achando que a morte acabaria com meu sofrimento, respondi que sim, quis naquele momento me livrar da dor e não propriamente morrer.

Não queria morrer, nunca desejei. Ainda bem que a morte não é o fim, o extermínio. Não sabia, quando encarnada, o que era a morte, nunca me preocupei em saber. Queria viver, não queria a doença nem o sofrimento.

O medicamento que me deram me fez dormir, dificultando o desligamento do meu espírito do corpo físico morto.

Como ainda tinha alguns dias na matéria, onde deveria passar pelo sofrimento, o desencarne não me deu o alívio que me daria se eles não tivessem realizado a eutanásia.

Fiquei um tempo no hospital de um posto de socorro da espiritualidade, fui me recuperando aos poucos. Fiquei meses dormindo, e não quis acreditar que havia feito a mudança de plano, assim, fui trazida numa sessão de orientação a desencarnados. Depois, como fiquei apática, novamente me levaram a um centro espírita, nas abençoadas sessões de auxílio, aí comecei a me sentir melhor.

– Volte, Emília, a ser alegre! A vida aqui é maravilhosa!

Não quis discordar, não era ruim viver ali, mas gostava de festas, de viver encarnada. Esforçava-me para me acostumar.

Saber de meus familiares foi ao mesmo tempo bom e ruim. Eles estavam bem, meus filhos haviam se casado, amavam as esposas e os filhos, e lembravam-se pouco de mim. Meu marido casou-se de novo e era feliz.

– Você, Emília, tem tudo para estar bem, esqueça a maneira que viveu quando encarnada e aprenda a amar a vida na espiritualidade – aconselhavam-me os novos amigos.

Não foi fácil para mim a desencarnação, embora não tenha ficado vagando nem fui para o umbral. "O agora", a vida depois que meus órgãos cessaram suas funções, foi de difícil aceitação. Primeiro, sofri com aquele sono horrível, os enjoos e mal-estares. O reflexo do meu corpo doente era forte em mim, preferia mil vezes ter ficado no corpo físico mesmo com dores alucinantes até que findasse o tempo que eu mesma havia planejado antes de reencarnar.

Segundo, demorei a acostumar com a vida simples e ordeira do Plano Espiritual. Gostava mesmo era da vida encarnada. Minha adaptação foi lenta. Os orientadores me aconselhavam:

– Emília, por que você não estuda? Tente!

As aulas para mim eram chatas, nunca gostei de estudar; quando garota ia à escola obrigada.

– Leia esses livros!

Mais de um! Acho que nunca lera um inteiro.

– Então vá ao teatro!

Fui, mas as pessoas iam para ver a peça e eu gostava de ir para me exibir.

Passei a fazer tarefas e reclamava:

– Coma e não ache ruim! Se não quer, fique sem comer!

A orientadora pacientemente me orientava:

– *Emília, não fale assim. Alguém aqui já se referiu a você desse modo? Aprenda a ser educada.*

Era educada, mas às vezes perdia a paciência. E mudei de tarefa. Passei por umas dez.

– *Não gosto de livros, por que tenho de organizá-los?*

– *Emília, por que você reclama tanto? O que quer fazer?*

– *Trabalhar com moda* – expressei-me.

– *Aqui não temos esse trabalho.*

Fui com uma equipe socorrer alguns desencarnados no umbral. Detestei. Achei o local sujo, o cheiro de lá ficou em mim, vi somente tristeza.

– *Muitos estão aqui porque, não gostando de nada, vêm conhecer outra forma de viver; aqui é um local desconfortável, e isso faz com que eles deem valor ao que possuem* – explicou-me um socorrista.

Arregalei os olhos e parei, ou pelo menos me contive, de reclamar. Ficamos dez dias num posto de ajuda, andando pelo umbral. Não fiz nada, somente fiquei observando. Senti nojo da sujeira e dos que ali estavam. Mas assimilei a lição. De volta à colônia onde estava abrigada, fui varrer os pátios e voltei a estudar. Se sentia vontade de reclamar, lembrava-me do umbral.

Faz cinco anos que desencarnei, faço outras tarefas, estudei e achei algo que gosto de fazer: cuidar de crianças. Estudo, preparando-me para trabalhar no educandário com a garotada. Passo horas com outros orientadores e com as crianças, ensina-mo-las a dançar, cantar e brincamos com elas nos pátios. Amo a meninada!

Sei que meus familiares não tiveram a intenção de me matar, mas sim de me livrar do sofrimento, mas não é certo, eles não agiram dentro das normas cristãs.

Eu fui socorrida porque não fui má, não agi errado com ninguém e pratiquei muitas caridades, algumas para aparecer, outras que ninguém ficou sabendo. Mereci ajuda também porque sofri muito com a doença.

Leitor, dê valor à vida! É muito bom viver tanto aí no Plano Físico quanto aqui na espiritualidade, depois que acostumamos.

Emília

Explicação de Antônio Carlos

Devemos amar a vida como única em seus estágios, encarnados e desencarnados. Aceitar o que nos é oferecido no momento, sermos gratos, tentarmos sempre ser útil e fazer o bem.

Reclamar é um vício que nos leva ao pessimismo, fazendo-nos ver somente os atos negativos e esquecer os positivos.

Emília foi socorrida, mas continuou a sofrer. Esse sono inquieto é muito doloroso. Continuou abrigada porque não quis sair, em momento algum quis voltar para seu antigo lar.

Foi vaidosa, fútil, mas caridosa e realmente não fez nenhuma maldade. E a doença a fez sofrer muito.

Demorou a se adaptar, necessitou vir por duas vezes à reunião de desobsessão em um centro espírita; e como essas reuniões de caridade auxiliam! Emília iria, com certeza, sem esses esclarecimentos sofrer muito mais, ficar mais tempo confusa. Nesses trabalhos de orientação, não somente são esclarecidos os desencarnados que vagam e que estão no umbral, mas também os que estão nos hospitais do Plano Espiritual. Eles são convencidos de que mudaram de plano quando comparam seu corpo e conversam com os encarnados.

Emília precisou conhecer o umbral para parar de reclamar.

Nos postos de socorro e nas colônias, há muitos abrigados que não gostam do modo de viver que essas casas oferecem, ou de realizar tarefas, e reclamam. Necessitando se educar, às vezes são levados para conhecer outros locais, como o umbral. Entre os trabalhadores novatos, às vezes há discussões, discórdias e reclamações, por isso eles sempre se fazem acompanhar por um trabalhador experiente que interfere e os orienta.

Eutanásia. Emília, como nos narrou, antes de reencarnar, havia planejado a doença e o tempo que ficaria enferma. Ela poderia ter amenizado o sofrimento se quando encarnada tivesse se dedicado mais ao trabalho no bem. Ao abreviar seu tempo, continuou sofrendo, desencarnada.

Nada na espiritualidade é regra geral. Aqui temos a história dela. Mas não é certa a prática da eutanásia.

Emília me indagou:

— *Meu irmão e esposo erraram ao decidir pela eutanásia?*

— *Sim, erraram, não agiram corretamente. Não tiveram a intenção de matar. E a intenção pesa muito nos erros que são cometidos. Você continuou sofrendo, não aliviaram seu padecimento.*

Se Emília tivesse a intenção realmente de se suicidar, iria, com certeza, sofrer mais. Ao responder sim, foi como ela disse, queria parar de sofrer.

Existe a eutanásia praticada de muitas formas. Muitos pacientes nem sabem nem opinaram. Normalmente esses são desligados com certa dificuldade, fato que não ocorreria se fosse pelo desencarne natural. O socorro está no merecimento deles.

Emília me perguntou de novo:

— *Se não se aplicar nenhuma medicação que leve à desencarnação, se não se der o socorro ou algum remédio que anime o paciente, isso seria considerado eutanásia?*

— *Deve ser feito de tudo para o indivíduo ficar no corpo físico. Na minha opinião, suprimir a medicação que permite ao paciente continuar encarnado não é eutanásia, já que o termo significa: morte sem sofrimento, abreviar sem dor a vida de um doente reconhecidamente incurável.*

É muito forte o termo matar. Se dermos algo a alguém que leve à morte do físico, isso é matar.

Existe a eutanásia realizada de forma consciente. Os doentes pedem para morrer após pensarem e se acharem certos de que é isso que querem. Suicídio? Quando se quer morrer, deixar o corpo físico, matá-lo ou pedir para outros fazerem, isso é suicídio. Mas nesses casos há atenuantes. São levados em consideração pelo Plano Espiritual os motivos. Se o indivíduo é religioso não pensará nisso, se crê na continuação da vida abominará essa ideia, e se entende a lei justa e misericordiosa da reencarnação compreenderá a razão do seu sofrimento e não vai querer abreviá-la, desertando do estágio físico.

Eutanásia não alivia o sofrimento de ninguém. Se o desencarnado não opinou, ele não é responsável, se o fez, sua intenção é realmente analisada. Aqueles que cometeram ou cometem a eutanásia responderão por esses atos.

A vida é bênção!

E o sofrimento, quando estamos encarnados, é, às vezes, mais fácil de suportar do que quando desencarnados.

Não à eutanásia!

18 - Deus lhe pague e obrigado

– Obrigada, dona Mariquinha!

– Deus lhe pague!

Saíram duas mães com seus filhos de minha casa e meu marido sorriu dizendo:

– Mariquinha, você sabe quantos agradecimentos já recebeu em sua vida?

– Não sei, não benzo crianças por isso – respondi.

Uma amiga que estava em casa opinou:

– Se esses agradecimentos enchessem barriga, você estaria redonda de tão gorda.

– Gratidão fortalece a alma – respondi sorrindo.

– Já faz quarenta anos que Mariquinha benze crianças de quebrante, susto e tantas outras coisas. Somente deixou de participar da assistência social da paróquia porque adoeceu. Ela ia todas as tardes fazer a sopa para ser distribuída aos pobres, e hoje ainda faz crochê para o bazar da igreja – contou meu esposo.

– O senhor tem orgulho dela, não é? – perguntou minha amiga.

– Tenho! Já sabia que Mariquinha benzia a garotada quando começamos a namorar. Quando a conheci, encantei-me com seus lindos olhos azuis. Agora entendo que não foi somente pela cor deles, mas sim pela bondade e meiguice que eles transmitem. Minha mulher é um anjo!

– Dona Mariquinha, que sorte a senhora tem, tantos anos de casada e o marido ainda está apaixonado! – expressou-se minha amiga. – Como consegue fazer tantas coisas?

– Tenho tentado – expliquei – fazer tudo do melhor modo possível. É somente repartirmos bem nosso horário, organizar-mo-nos para fazer tudo o que queremos. Minha avó me ensinou a benzer crianças e vou fazer até quando Deus quiser!

A amiga foi embora e fiquei pensando na minha vida, tive realmente de me organizar para dar conta de tudo o que tinha para fazer. Tive cinco filhos e mais dois adotivos, que já estavam casados, e conosco morava uma neta, rebento da minha filha mais velha que estava na sua segunda união. Essa neta era do seu primeiro casamento e era nossa alegria.

Ultimamente eu não estava bem de saúde, tomava muitos remédios e tinha dores pelo corpo.

Lembrei-me de uma vizinha que tinha falecido havia três anos e que devia, com certeza, estar no céu, pois ela mesma se achava merecedora. Ela ia frequentemente à igreja e dizia ser muito religiosa. Essa senhora costumava me criticar.

"O que faz Mariquinha não é certo! Não se devem benzer crianças. As mães deveriam levá-las à igreja para o padre aben-çoá-las." Ou: "Não foi à missa porque ficou tomando conta de dona Adelaide! É pecado ! Primeiro Deus, depois os outros!".

Ela me criticava tanto que encuquei e fui falar com o padre, e dele escutei:

– Tudo isso, essas bênçãos não servem para nada. Se houver melhora é porque iam melhorar mesmo. Benzimentos são crendices, superstições, nada valem.

Chorei muito e foi meu marido que me consolou:

– Mariquinha, Jesus benzia as pessoas. Ele estendia as mãos sobre os enfermos e orava. O Mestre Nazareno disse que todos poderiam fazer isso, que bastava crer e querer fazer o bem. O padre estudou muito e esqueceu das coisas simples. Não dê atenção a essa vizinha. Ela é orgulhosa como pavão. Continue a fazer o bem.

E continuei.

Palmas no portão me fizeram parar de pensar. Outras crianças para benzer.

Fui dormir no horário costumeiro e acordei num local diferente. Uma moça, enfermeira, toda sorridente aproximou-se de mim.

– *Bom dia, dona Mariquinha! Quer um suquinho? Está delicioso.*

– *Bom dia!* – respondi.

Ela colocou uma bandeja na minha frente, ajudou-me a me acomodar e me deu o suco. A moça falava sem parar: que o dia estava lindo, as flores perfumadas etc. Depois de ter pela terceira vez indagado se necessitava de alguma coisa, ao que eu respondi que não queria mais nada, ela se afastou. Fiquei sozinha pensando o que poderia ter me acontecido. Um senhor com aparência de médico entrou no quarto, cumprimentou-me e indagou gentilmente:

– *Está precisando de alguma coisa, dona Mariquinha?*

– *O senhor é médico?* – perguntei em vez de responder.

Ele sorriu e afirmou com a cabeça.

– *Estou estranhando!* – exclamei. – *Por que estou aqui? Fiquei doente de novo? Esse ano é a terceira vez que me internam. Que hospital é esse? Estou sendo bem atendida e até agora não tomei injeções. Tive alguma crise? E...*

– *É melhor fazer uma pergunta de cada vez* – respondeu ele rindo. – *A senhora está se recuperando e não necessita de injeções. Dona Mariquinha, o que a senhora acha que acontece com as pessoas que falecem?*

– *São julgadas por Deus* – respondi.

– *Isso se dá em algum lugar? Onde? Será que Deus está somente nesse local ou em toda parte e dentro de nós? Se Ele está dentro de nós e em todos os lugares não necessitamos ir para um lugar particular para sermos julgados. Julgar? Acredita mesmo que Deus premia ou castiga? O Pai Celeste é amor! E se por acaso existir esse julgamento, o que será dos julgados depois? Sofrimento sem piedade para os que agem erroneamente, ou descanso para os bons?*

– *Não sei* – respondi.

– *Pois pense nisso!*

O médico saiu e fiquei pensando no que ele dissera. Por que ele me falara tudo aquilo? Pareceu-me ser uma pessoa séria, tinha o olhar vivo e inteligente.

Realmente, era incoerente achar que Deus estaria num local em que somente os mortos O vissem. Esse julgamento também me pareceu improvável, como também o descanso eterno, que deveria ser uma chatice.

O médico entrou no quarto novamente e chamei-o com um aceno de mão. Ele se aproximou e sentou-se numa cadeira ao lado do meu leito.

– *Doutor, o que me aconteceu? Estou bem e sem dores. Veja, pela artrite meus dedos das mãos estavam tortos e agora não estão mais. Não sinto falta de ar nem tonteira. Aqui é muito sossegado para ser um hospital comum, e estou num quarto sozinha, luxo que não poderia pagar. E o senhor me disse umas coisas estranhas. Por isso eu lhe peço, diga-me a verdade.*

Em vez de falar, ele me olhou, seu olhar era tranquilo e bondoso. Recordei-me:

De madrugada acordei com muita falta de ar e dores. Meu esposo acendeu a luz, levantou minha cabeça e parei de respirar.

A visão desapareceu e me vi no quarto do hospital. Aquele bondoso médico segurou minha mão. Pensei de novo e assustei--me com a minha visão. Vi meus familiares correndo, o médico conhecido dizer que morri, depois o velório com muita gente, flores e o enterro.

Vi-me novamente no quarto, olhei para esse senhor, apertei sua mão, fiquei triste e chorei baixinho. Tive medo.

– *Por que teme?* – indagou ele.

– *Morri! E agora?*

– *Continuará a fazer o bem aqui, na espiritualidade.*

Explicou-me que desencarnara, estava abrigada numa colônia e que a vida continuava. Conforme ele me esclarecia meu medo foi passando.

Recuperei-me logo e adaptei-me facilmente ao Plano Espiritual. Saí do hospital e fui recebida com alegria por companheiros numa linda casinha, onde passei a residir. Fui aprender a viver sem o envoltório físico.

Em pouco tempo estava apta a servir. Alegrei-me, fui fazer minha primeira tarefa: ajudar, numa enfermaria do hospital, os desencarnados ali abrigados que ainda sentiam os reflexos do corpo físico. Admirada, ali encontrei, necessitando de auxílio, a vizinha que me criticava.

– *Mariquinha!* – exclamou ela assustada. – *Você aqui! Está trabalhando? Tem condições de ajudar? Quando você morreu?*

– *Desencarnei há pouco tempo* – respondi. – *Como estava bem, foi me dada a oportunidade de servir. E você, por que está aqui?*

– *Mariquinha, tenho pensado muito em você. Vivemos lá na Terra de modo diferente. Eu não perdia uma missa, orava, cultuava um Deus humano, com atos externos e fáceis. Agora compreendo que Deus é supremo, e quer que O amemos, que oremos, mas que façamos o bem ao próximo. Ainda bem que você não me deu atenção e continuou fazendo o bem. Você, Mariquinha, amou muito mais a Deus do que eu! Desencarnei pensando que seria recebida no céu, julgada com pompa e* decepcionei-me muito. Para mim, bastava ser religiosa e orgulhei-me disso. Dei mais valor aos atos externos.

Chorou muito, e eu a consolei:

— *Logo você estará bem, confie!*

Continuei fazendo meu trabalho, no final a orientadora me cumprimentou, motivando-me:

— *Mariquinha, você será uma tarefeira excelente! Mas o que a preocupa?*

Contei-lhe do encontro com minha ex-vizinha, e ela me explicou:

— *Verá muitos casos aqui na espiritualidade assim, como de sua ex-vizinha. Pessoas que praticam atos externos, apenas para manter aparências, e julgam-se merecedoras de um céu de ociosidade. Não são errados os atos externos, desde que eles sejam realizados com sentimento. A oração nos liga às energias benéficas, mas são nossas boas ações que nos levam à fonte dessas energias. Você, Mariquinha, fez muito bem. Sabe quantos "Deus lhe pague e obrigados" com sinceridade você recebeu no período em que esteve encarnada?*

A orientadora sorriu e, depois de alguns segundos, concluiu:

— *Pois foram muitos! É fazendo o bem que nos preparamos para nos tornarmos bons. Muitas pessoas fazem o bem com algum objetivo, mas, com o treino, passam a fazer porque querem, amam e fazem-no então espontaneamente. A gratidão que recebemos é uma bênção! Quem é grato aprende a amar; quem recebe gratidão ama, e esse possui um bem de incalculável valor.*

Ao voltar para nossa casinha, agora meu lar, fiquei pensando. Estava feliz encarnada, mas a desencarnação para mim foi fácil e continuei feliz. Tive a certeza de que o bem que fiz a outros, para mim o fiz. E os "Obrigados e Deus lhe pague" são tesouros que me acompanham.

Pude ver meus familiares em visitas periódicas; continuam a viver com problemas e alegrias. Sou sempre lembrada com carinho, pois deixei aos meus entes queridos um bom exemplo de vida e isso foi a melhor coisa que fiz a eles que tanto amo.

Depois de dois anos de tarefas diversas e estudos, fui trabalhar no educandário[1], local onde são abrigados os que desencarnaram em tenra idade.

Cuido com muito carinho das crianças que sempre amei.

Minha desencarnação foi prazerosa!

Maria do Rosário

Explicação de Antônio Carlos

Como seria bom se todos tivessem uma mudança de plano como essa nossa convidada. A morte não nos causaria mais medo. Que bom saber que existe desencarnação assim. É tão fácil ser merecedor dessa dádiva. É somente fazer o bem, ser bom, amar de forma simples, verdadeira e sincera a nós mesmos e ao próximo.

Mariquinha benzia crianças, usava fórmulas, repetia três vezes determinadas frases e orava. Semelhantes aos passes que os espíritas aplicam, nesses atos trocam-se fluidos negativos por outros positivos. Quando queremos fazer o bem, basta a vontade, mas, se ainda não sabemos fazê-lo sem fórmulas, não tem por que não usá-las.

Um dito antigo: "A caravana passa e os cães ladram". Mariquinha caminhou com a caravana. A vizinha que a criticava nos pareceu como o cão que latiu e não caminhou. Quem presta muita atenção no que os outros fazem normalmente não tem

---

1 N.A.E. Se o leitor quiser saber mais sobre educandários leia o livro: *Flores de Maria,* do Espírito Rosângela. Petit Editora.

tempo para fazer algo de útil nem caminhar. Também essa nossa convidada não parou para receber flores de elogio. Sejamos como os que caminham na caravana, não parando para nenhuma crítica.

19 - Depois de muito tempo indaguei: "E agora?"

Vivi encarnado de modo muito errado. Cometi muitos atos ruins. Mas também fiz coisas boas. É difícil uma pessoa ser somente má, como são raros os que são totalmente bons. Mas as ações más pesam muito mais.

Numa briga de gangues rivais, fui assassinado. Foram dois tiros no peito. Caí. Perdi a consciência somente por minutos. Tonteei, e o nada. Fui voltando do que pensei ser um desmaio, e escutei gritos, xingamentos, percebi que ainda havia luta. Silêncio. Pararam os tiros. Percebi que um dos meus companheiros aproximou-se de mim e falou:

— Vamos embora! A polícia não tarda a vir. Zé, você tem certeza que Janu morreu?

Senti dois deles agachando ao meu lado, olharam meus ferimentos. Zé colocou a mão na frente do meu nariz.

— Está morto! Malditos! Eles vão pagar!

Mais blasfêmias. Saíram.

Senti muito ódio, um sentimento tão forte que me fez levantar. Saí em perispírito[1], deixando o corpo físico morto no chão. Sentia-me ferido, e do meu ferimento saía muito sangue. Ouvi risadas. Vi outras pessoas que não conhecia, julguei serem do outro bando. Um deles falou rindo:

– *Você está mortinho, boneca!*

Fraco, tonto e confuso, ainda assim avancei nele e apertei-lhe o pescoço.

– *Ei, calma! O chefe nos mandou buscá-lo!*

Novo desmaio, mas antes ouvi as sirenes da polícia.

Acordei num quarto pequeno e na penumbra. Olhei tudo, havia somente a cama, onde estava deitado, e uma mesinha. As paredes e a roupa de cama eram de cor cinza. No alto, uma minúscula janela, achei que era de noite porque por ela entrava pouca claridade. Olhei para meu peito, lá estavam os dois furos sangrando, sem curativos e doloridos.

– *Oi, Janu! Você está bem instalado?*

Observei a visita, não o conhecia, temi estar prisioneiro, ia responder com xingamentos, mas aquele homem alto, magro e bem-vestido não me deu tempo e explicou:

– *Você não está numa prisão, mas sim num bom quarto descansando. Vou ajudá-lo a se lembrar. Trocaram tiros, foi atingido e seu corpo morreu. Sobrevivemos a essa tragédia. Está conosco, com muitos desses sobreviventes, ou seja, desencarnado numa cidade do Além. Logo aprenderá a viver aqui.*

– *Você é o chefe?* – indaguei-o.

– *Sou chefe de muitos aqui, mas temos um comandante--geral, um sujeito que é maneiro com os fiéis, camarada com o bando. Vai gostar.*

– *Não vou sarar dos ferimentos?*

---

1 N.A.E. Perispírito: substância vaporosa semimaterial que serve de envoltório ao espírito e liga a alma ao corpo. Nos encarnados, é o intermediário entre o espírito e a matéria. Nos espíritos libertos do corpo físico, constitui o seu corpo fluídico.

– *Você já viu alguém se curar num estalo? Não! Então paciência. Fique aqui deitado, duas escravas o servirão. Quer alguma coisa?*

– *Acabar com o bando rival! Sinto ódio deles!*

– *Ótimo! Ódio nos sustenta! Terá tempo para prejudicar seus inimigos!*

Duas mulheres me deram tudo o que queria. Os ferimentos doíam muito. Depois de doze dias, aquele homem que veio me ver voltou novamente.

– *Venha comigo, Janu, vou levá-lo à presença do nosso chefe.*

Ajudou-me a levantar e me colocou numa cadeira de rodas. Observei tudo curioso. Saímos da casa e vi uma rua estranha. Muitas pessoas andavam por ali, achei-as esquisitas. Entramos num prédio luxuoso. Admirei-o, achando muito lindo, era do meu gosto, exagerado, com cores fortes e muita ostentação.

– *Aqui é a sala de audiência* – explicou meu acompanhante.

Ficamos numa fila. Um homem muito bem-vestido, calça e camisa combinando, estava sentado numa poltrona confortável e atendia as pessoas. Chegou a minha vez. Ele me observou e indagou:

– *Estão lhe tratando bem?*

– *Sim, mas ainda sinto muitas dores nos ferimentos.*

– *Isso é simples de resolver. Pense que quer ficar bom.*

Colocou as mãos sobre meus ferimentos e os fechou. Levantei não sentindo mais dores. Meu companheiro sorriu e falou baixinho ao meu ouvido:

– *Ajoelha e agradeça ao nosso chefe!*

– *Obrigado, senhor!* – falei ajoelhado.

– *Agora que está bom* – disse ele –, *fará parte da equipe que me serve. Ká mostrará tudo a você, depois que estiver apto, irá nos servir. Pode ir. O próximo!*

Tive vontade de fazer algumas perguntas para entender o que me acontecia. O homem que me levou ali, que agora sabia chamar-se Ká, puxou-me. Saímos da sala de audiência. Indaguei-o:

— *Onde estou? Quem é esse chefe? O que irei fazer?*

— *Você está numa cidade organizada pelos que estão fora da lei, não das leis dos homens, mas do Outro, de Deus. Aqui estamos bem instalados num local que se chama umbral, para não dizer inferno. Nosso chefe é um safado, vingador e de muitos conhecimentos. Vou lhe mostrar tudo, e aos poucos irá aprender o que deve ser feito. Você, quando encarnado, já estava acostumado a viver com privações, em barracos, entre bagunças, malandragens e bandidos, não deverá estranhar.*

— *Ele me curou!* — exclamei.

— *Poderia ter feito isso assim que você chegou* — esclareceu Ká. — *Mas preferiu deixá-lo sofrer um pouco como primeira lição. Têm conhecimentos aqueles que trabalham e estudam. Muitos acham que somente os bons sabem das coisas. Nós aqui sabemos, somente é mais difícil de se aprender. Gostamos mais de vadiar, farrear e não se encontra fácil quem ensina. Aqui reina o egoísmo. Admiro nosso governador, o chefão, ele é poderoso e não gosta que o desobedeçam.*

Estava acostumado a obedecer. Havia tido muitos chefes. Prestei muita atenção no que via para aprender. Ali muitos sofriam, poucos mandavam e a minoria se divertia. Indaguei Ká:

— *Por que uns sofrem aqui e outros não?*

— *Não se pode dizer que ninguém sofre nesse lugar. Acho que o mais certo é dizer que uns vivem melhor, outros pior. Você e eu somos ruins e os que mandam aqui, no umbral, admiram os que são maldosos e que ainda não se arrependeram, pois, pelo que sei, o remorso vem, para uns mais cedo, para outros mais tarde. Eles, os chefes, necessitam de gente assim como nós para servi-los. Protegem-nos, porém exigem que trabalhemos com fidelidade para eles e para a comunidade.*

— *E por que alguns são maltratados?*

– Esses também não foram bonzinhos – Ká me explicou. – Porque se fossem estariam em outros lugares. É merecido o castigo que lhes damos. Alguns não servem para fazer parte da equipe. Não gostam de obedecer e muitos são hipócritas demais. Não se pode confiar. Outros estão sofrendo aqui porque temos muitas queixas deles. Aqui também fazemos justiça. Tiraram dos pobres ou, podendo, não praticaram a caridade.

– Justiça?! – exclamei espantado.

– Por que não? Se achamos que a pessoa necessita sofrer, fazemos com que sofra.

– Não existe Deus para isso? – perguntei.

Ká riu, depois me esclareceu:

– Na lei das pessoas boas é um ajudando o outro. Aqui é o contrário, castigamos. Mas não se preocupe nem tenha dó. Se não merecessem, não estariam aqui e não conseguiríamos maltratá-los. Com o tempo você verá que muitos, ao se arrependerem com sinceridade, e querendo melhorar, são levados pelos bons que entram em nossa cidade. No entanto, sofrem porque merecem.

Adaptei-me facilmente. Fazia o meu trabalho da melhor maneira possível. Continuei cometendo maldades a outros desencarnados e encarnados.

Um dia, nosso chefe sumiu, houve muitos comentários: que não fora cauteloso e os desencarnados bons o pegaram, ou fora preso pelos grupos rivais. Falavam até que ele desistira de sua posição porque se cansara. Outro passou a ser o chefe. Estávamos sempre brigando entre nós mesmos ou com outros, tinha de estar o tempo todo alerta e nunca confiava em ninguém.

Recebemos, em nossa cidade, um folheto de outra localidade do umbral dizendo que precisavam de desencarnados que gostavam e tinham talento para escrever. Interessei-me. Desde que chegara ali, não escrevera mais. Mas, quando garoto, na escola, fazia boas redações, gostava de escrever cartas e textos. Resolvi ir e me informar direito sobre o que eles queriam. Gostei do lugar e de todos. Desejei fazer parte desse grupo e pedi para meu chefe, que autorizou.

O que mais gostei foi que ali, naquela pequena cidade, não fiquei sob domínio de ninguém. Éramos autônomos, denominávamo-nos camaradas, não tinha de obedecer a tantas ordens.

Passei na prova de redação, fui aceito e comecei a estudar. O objetivo era instruir encarnados ou usar da mediunidade deles para narrar o que a organização queria.

Depois de meses estudando juntos, fomos divididos em três grupos que se especializariam nas atividades do bando.

Na primeira turma ficaram os que iriam instruir ou usar da mediunidade para incentivar a vingança, ódio, brigas e endeusar o sexo.

O segundo grupo se especializaria em desanimar e levar descrença aos que poderiam vir a ser e os que estavam sendo úteis.

Passei a fazer parte do terceiro. Nosso aprendizado era mais sutil, iríamos enganar, iludir para tentar levar divisão e confusão dentro da Doutrina Espírita, que era um campo fértil a eles por ter muitos médiuns.

Para fazer isso, tivemos de ler muitos livros espíritas. Compreendi o porquê de os moradores do umbral quererem combater o espiritismo. Os livros narravam o que acontecia com as pessoas que tiveram o corpo físico morto. Era desagradável ler tantas coisas sobre Jesus e sobre o Evangelho. Mas o estudo era sério, tínhamos de fazê-lo.

— *Vocês têm de saber o que eles sabem. Somente se engana com perfeição dominando o assunto* — observava nosso orientador que não gostava que o chamássemos de chefe.

Alguns dos que estudavam conosco sumiram no decorrer do curso.

— *É o perigo que corremos* — esclareceu o orientador. — *Por mais que escolhemos nossos trabalhadores, há desertores.*

Quero pessoas capazes de enganar, odiar e camuflar esse ódio. Quero os fingidos!

Terminamos o curso com a turma bem menor. Mas os que concluíram estavam treinados, com conhecimentos e vontade de atingir os objetivos.

Nosso orientador não forçava ninguém e não se importava com os que desertavam.

– *O trabalho é bem-feito quando se faz espontaneamente* – afirmava ele.

Passamos a observar encarnados que seriam, ou que queríamos que fossem, nossos instrumentos.

– *Agora vocês escolhem por quem querem se passar. Leiam com atenção tudo o que essa pessoa escreveu, imitem seu estilo, vão para perto dos médiuns psicógrafos e boa sorte!* – recomendou nosso orientador.

Todos nós escolhemos nomes importantes e conhecidos. Para enganar melhor, modificávamos até nossos perispíritos. Não tem graça nem como imitar desconhecidos. Nosso grupo adquiriu a forma de pessoas respeitadas e lá fomos nós colocar em prática o que aprendemos. Fomos enganar.

Fui todo entusiasmado. Na primeira tentativa me dei mal. Aproximei-me de um jovem que começava a treinar a psicografia. Ditei a ele uma mensagem bonita, propondo um trabalho diário para escrevermos um livro. Ele duvidou ser o espírito que assinei. O moço deu a mensagem para o pai, que era um espírita estudioso e cauteloso, analisar. Descobriram a fraude e fui repelido. Conforme soube depois, o mentor dele permitiu que eu me aproximasse desse encarnado e ficou feliz com a prudência de seu pupilo. Aquele jovem não seria enganado.

Na segunda tentativa, fui melhor. Aproximei-me de uma médium, fiquei meses observando-a; ela frequentava um centro espírita onde pouco se estudava e achavam que dificilmente seriam enganados. Quando escrevi por intermédio dela e assinei um nome conhecido e respeitado, ela se empolgou, sentiu-se importante, já se via dando autógrafos e todos a respeitando. Mas era uma pessoa preguiçosa, queria já pronto, não tinha tempo para se dedicar ao trabalho de psicografia e dava muitas desculpas. Desisti, não tive paciência de enganar essa médium.

Alguns da minha turma estavam se dando bem, outros não. Muitos encarnados não se deixavam enganar, por não serem vaidosos, por analisar e indagar o porquê de um espírito conhecido escrever por ele. Como também davam esses escritos para pessoas que entendiam de literatura, principalmente espírita, analisarem. Outros foram enganados, para a alegria do nosso orientador, que sabia que esse trabalho daria frutos de separação e discórdia.

Achei interessante visitar uma pessoa que já trabalhava com a psicografia, pelo menos essa não era preguiçosa. Aproximei-me, fui tratado com educação, mas não deu para enganar. Ela orava demais, era uma chatice ficar perto dela, suas preces me incomodavam muito.

Vendo que ia fazer um livro com muitos convidados, pedi para escrever. Queria contar aos encarnados que a desencarnação de pessoas más pode ser prazerosa e que viver fazendo o mal tinha vantagens.

A médium me respondeu que quem coordenava seu trabalho era seu mentor desencarnado. Que, se quisesse escrever, deveria falar com ele. Ao desejar comunicar-me com ele, vi-o, estava ali o tempo todo. Fiquei nervoso, mas disfarcei, esse espírito aproximou-se de mim e apresentou-se:

– *Chamo Antônio Carlos! Que Jesus esteja com você, Januário. Poderá escrever, ou seja, ditar sua história, desde que assine seu nome. Mas, como todos os convidados, você terá de fazer um breve estudo em uma de nossas colônias.*

Ele sabia o meu nome e com certeza sabia muito mais sobre mim. Fiquei de pensar. E passei dias rodeando a médium. Ela não teve medo, acho que nem se importou. Fiquei curioso para saber como era esse estudo e como seria a colônia deles. Aceitei.

Antônio Carlos me levou à Colônia A Casa do Escritor[2], onde, segundo ele, desencarnados que queriam escrever por médiuns vinham aprender.

Olhei tudo curioso, mas disfarcei fingindo não estar interessado. Achei-a simples, porém encantadora. Impressionei-me com a fraternidade que ali existia e com a forma carinhosa que se tratavam.

Antônio Carlos me deixou numa sala com doze alunos. Todos me cumprimentaram, ninguém me indagou nada e o primeiro encontro transcorreu normalmente. Estava resolvido a enganá-los. O assunto estava interessante, prestei atenção e participei. Quando a aula terminou, ao sair da sala, encontrei com Antônio Carlos, que estava me esperando e me trouxe de volta. Compreendi que não conseguiria ir a essa colônia sozinho, não a acharia, isso me chateou.

Antônio Carlos todos os dias me esperava num local, levava-me à colônia e me trazia de volta. Nas primeiras aulas, tudo bem, deu para fingir. Mas percebi que já não estava fingindo, estava gostando.

Seriam dez lições. Na sétima, pedi a Antônio Carlos:

– *Vamos sentar aqui um pouco?*

Sentamos num banco do jardim da colônia, ele ficou quieto. Comecei a chorar, nunca havia chorado daquele jeito, tão sentido e dolorido. Sofria. Ele esperou que chorasse, o que fiz por minutos, depois me olhou com carinho. Foi então que temi e indaguei-o apreensivo:

– *E agora?*

– *Caminhe! Mude o rumo de sua vida* – respondeu ele bondosamente.

---

2 N.A.E. Caso o leitor amigo queira saber mais sobre essas colônias de estudo, leia o livro: *A Casa do Escritor*, escrito por Patrícia. Petit Editora.

– Fiz muito mal. Como será minha colheita?

– Quando nos preparamos para a colheita, sabemos que irá ser trabalhosa. O trabalho no bem facilita.

– Terei muito o que fazer! – exclamei em tom de queixa.

Chorei de novo.

– *Januário* – disse Antônio Carlos carinhoso –, *se você tem de caminhar duzentos quilômetros e ficar sentado chorando, pensando no tanto que andará, terá sempre esses quilômetros pela frente. Mas, se der passo por passo, um dia terá percorrido toda a quilometragem. E você já andou alguns metros.*

Compreendi. Pedi abrigo, ajuda aos orientadores do curso. Aconselharam-me a terminar o estudo e vir, como havia prometido, escrever minha história ou parte dela.

Antônio Carlos, meu novo e sincero amigo, levou-me a uma outra colônia, onde existe uma escola especial para desencarnados que foram imprudentes a ponto de serem tachados por eles mesmos de trevosos. Ali eram educados, recebendo a orientação de que necessitavam. Gostei demais do que vi, de todos, e quis com sinceridade frequentá-la.

Escrevo hoje, no dia em que se comemora um feriado na cidade em que a médium mora, a Nossa Senhora, Maria, mãe de Jesus. Orei muito para ela me dar forças para que consiga mudar a forma de pensar e de viver. Sei que terei de me esforçar para me modificar.

E foi depois de muito tempo de desencarnado que, angustiado e temeroso, indaguei: *"E agora, que faço?"*.

Ainda bem que recebi ajuda. Entendo que ninguém é perfeito e que o importante é cobrarmos de nós mesmos o que podemos fazer, e não observar o que o próximo faz.

Quando me aproximei pela primeira vez da médium, queria escrever uma coisa, acabei escrevendo outra, pois compreendi que não estava bem como julgava. Ninguém é feliz não se sentindo bem com as Leis Divinas, afastado de Deus.

Não queria continuar fazendo o mal, e decidi parar com a plantação da maldade e me preparar para a colheita. Quero, desejo fazer essa colheita com trabalho. Agradeço a oportunidade que estou tendo. Fiz muito mais mal a mim mesmo do que aos outros.

Januário

Explicação de Antônio Carlos

Januário teve uma desencarnação violenta, sentia ódio do inimigo e lutava com rancor. Esse sentimento forte, o ódio, fez num impulso seu espírito sair do corpo físico morto. Desencarnados que vibravam igual a ele desligaram-no levando-o para uma cidade do umbral.

Se ele não tivesse se enturmado e ficado submisso, teria sido preso ou se tornado um escravo.

A desencarnação para Januário, de imediato, não mudou muito sua forma de viver e agir.

No umbral, os chefes que lá moram costumam agir de forma que seus companheiros sofram, para depois ajudá-los. Isso tudo para que tenham medo e sejam obedientes.

Muitos livros espíritas têm descrito as cidades do Plano Espiritual. Bonitas e agradáveis são as moradas dos bons espíritos ou daqueles que querem melhorar. Confusas, barulhentas e não tão bonitas são as moradas dos que preferem trilhar o caminho da maldade. Lá também vivem os imprudentes, que são maltratados, normalmente os que fizeram vítimas e essas não lhes perdoaram.

Os que se denominam moradores fingem estarem bem e são alegres. Há os que mandam, e a maioria tem de obedecer às leis, que normalmente são cruéis.

Nessas cidades vemos muitas coisas estranhas, que não diferem muito de certos lugares da Terra, onde encarnados vão para usufruir paixões e vícios. Nós os vemos vestidos de muitos modos, há os que se vestem acompanhando a moda dos encarnados.

Januário, na primeira vez que veio nos visitar, estava todo de branco, talvez por tentar se passar por outra pessoa. Depois veio vestido de preto. Acabou por último vestindo-se de roupas claras e simples.

Somente alguns se vestem de forma muito estranha e os motivos são quase sempre para tentar assustar ou amedrontar quem os vê.

Januário viveu muitos anos no umbral. Pedi a ele que não escrevesse o que fez. Errou muito.

Convidei-o a fazer o curso. Queria que ele conhecesse outra forma de estudar a literatura e que conhecesse desencarnados bons.

Deu resultado. Todos, professores e alunos, sabiam o porquê de ele estar ali e ajudaram-no.

Somente se indagou: "E agora?" quando teve consciência de seus erros. Ele soube, pelo estudo na Colônia A Casa do Escritor, que nossos atos nos pertencem. Somos donos absolutos do que fazemos. Ficar inerte e chorar pelo que se fez de errado não resolve, necessita-se caminhar e ser útil. É o que ele vai tentar fazer.

Em muitas colônias existem escolas que orientam desencarnados que muito erraram. Lá, eles estudam por um tempo. Depois de concluírem o curso, há várias opções: continuar a estudar em outras colônias, reencarnar, ou servir em muitos locais.

Desde que esse desencarnado, que se denomina orientador, fundou no umbral uma escola para literatos, nós da Colônia A Casa do Escritor sabemos e os temos acompanhado de perto. Temos nosso livre-arbítrio, eles também.

Esse orientador, espírito talentoso na arte literária, sente muito ódio por tudo o que melhora o indivíduo e principalmente pela Doutrina Espírita. Acha ele, como muitos outros perseguidores, que não adianta combater os bons. Segundo eles, quanto mais as pessoas sofrem pressões, mais se fortalecem. Acham então que devem incentivar indivíduos sem preparo, médiuns vaidosos, a escreverem para que façam livros sem treino, estudo e preparo. Pensam que se criticarem, gerando discórdia e rancor, criarão desunião, e tudo o que se separa, divide, enfraquece-se e acaba.

Vou dar um exemplo referindo-me a mim. Eu, Antônio Carlos, era desconhecido no meio espírita, atualmente algumas pessoas sabem quem sou pelos livros que escrevo.

Vera Lúcia, a médium e eu, temos uma história de vivência juntos, onde erramos, e agora queremos reparar esses erros. Organizamo-nos para fazer um trabalho. Temos um motivo forte para termos treinado juntos durante nove anos até o primeiro livro ser editado. Não sou uma máquina de fazer livros. Preciso sentir o que escrevo, fazer e refazer histórias no Plano Espiritual para depois ditar a ela outras vezes. Não escrevo por mais ninguém nem tenho planos de fazê-lo. Todo trabalho que se inicia tem continuidade, termina, e esse nosso terá fim. E, pelo meu aprendizado, irei com certeza fazer outro. Certamente isso se dará quando a médium desencarnar.

Mas, se fosse para escrever com outro encarnado, não usaria o nome de Antônio Carlos. Teria caridade com o médium que certamente receberia críticas e muitas indagações: "Será ele? De fato é ou não Antônio Carlos? Esse médium mistifica? Quer aparecer? Por que escreve por alguém já conhecido? Pegou o bonde andando! etc., etc., etc."

Temos, nos ensinos de Jesus, as setas para nossa caminhada, nas orientações dos livros de Allan Kardec, diretrizes seguras para quem deseja fazer um bom trabalho com a mediunidade.

Como Januário narrou, ele tentou enganar primeiro um jovem que desconfiou de um nome importante dentro da Doutrina Espírita, agiu certo pedindo opiniões. Mas não é somente de nomes importantes que temos de nos acautelar, é também de histórias confusas, exageradas, com mensagens distorcidas e também quando o desencarnado escreve criticando o médium com quem trabalhou ou trabalha há tempos. Dizendo que ele é isso ou aquilo, que quer escrever com alguém com mais instrução, com vocabulário mais rico etc.

Sem treino, estudo, prudência e humildade da parte do encarnado, fica fácil enganar.

Felizmente, há dentro da Doutrina Espírita encarnados sérios, estudiosos, perseverantes, trabalhadores que a sustentam, fazendo um bom trabalho.

Sugiro cautela e prudência para você que recebe mensagens pela psicografia. Não tenha pressa em editar o trabalho. As árvores para darem frutos necessitam de tempo, para crescer, fortalecer, dar flores e finalmente os frutos. A boa árvore somente dá bons frutos.

Estude com toda atenção os livros de Allan Kardec, principalmente *O Livro dos Médiuns*. Recomendo também o livro *No Invisível*, de Léon Denis[3]. Transcreveremos aqui alguns trechos por acharmos de grande importância:

"Nada verdadeiramente importante se adquire sem trabalho. Uma lenta e laboriosa iniciação se impõe aos que buscam os bens superiores. Como todas as coisas, a formação e o exercício da mediunidade encontram dificuldades, bastantes vezes já assinaladas; convém insistirmos nisso, a fim de prevenir os médiuns contra as falsas interpretações, contra as causas de erro e de desânimo.

---

3 N. da médium. DENIS, Léon. No Invisível. Capítulo V: "Educação e função dos médiuns". Catanduva-SP: Edicel

Uma multidão de espíritos nos cerca, sempre ávidos de se comunicar com os homens. Essa multidão é sobretudo composta de almas pouco adiantadas, de espíritos levianos, algumas vezes maus, que a densidade de seus próprios fluidos conserva presos à Terra.

O médium inexperto recebe ditados subscritos por nomes célebres, contendo revelações apócrifas que lhe captam a confiança e o enchem de entusiasmo. O inspirador invisível conhece-lhe os lados vulneráveis, lisonjeia-lhe o amor-próprio e as opiniões, superexcita-lhe a vaidade, cumulando-o de elogios e prometendo-lhe maravilhas. Pouco a pouco vai desviando de qualquer outra influência, de todo exame esclarecido e o leva a se insular em seus trabalhos. É o começo de uma obsessão, de um domínio exclusivista, que pode conduzir o médium a deploráveis resultados.

Esses perigos foram, desde os primórdios do espiritismo, assinalados por Allan Kardec; todos os dias, estamos vendo médiuns deixarem-se levar pelas sugestões de espíritos embusteiros e serem vítimas de mistificações que os tornam ridículos e vêm a recair sobre a causa que eles julgam servir.

A boa mediunidade se forma lentamente, no estudo calmo, silencioso, recolhido, longe dos prazeres mundanos e dos tumultos das paixões."

Você, caro leitor amigo, espero que medite sobre as histórias verdadeiras que leu, que possa ter uma mudança de plano tranquila, e não se apavore ao se defrontar com a desencarnação. Que a resposta à indagação: "E agora?" traga-lhe paz. E que tenha o merecimento de estar entre os bem-aventurados, os que escolheram o caminho estreito, mas que o levará a uma sobrevivência harmoniosa.

E tenha sempre em mente: somente você pode desfazer o que fez de errado e fazer o bem que ainda não fez, e isso deve ser feito no presente, neste momento. Que Deus o abençoe!

LEMBRANÇAS
QUE O TEMPO NÃO APAGA

VERA LÚCIA MARINZECK DE CARVALHO

Ditado pelo Espírito ANTÔNIO CARLOS

Romance | 15,5x22,5 cm | 256 páginas

"Esta é a história de cinco espíritos que, após terem uma reencarnação com muitas dificuldades, quiseram saber o porquê. Puderam se lembrar, porque tudo o que acontece em nossas existências é gravado na memória espiritual, e a memória é um instrumento que Deus nos concedeu para que tivéssemos consciência de nossa existência. O tempo acumula as lembranças, que são o registro da memória dos acontecimentos que se sucedem. E esses registros são muito úteis para cada um de nós, pois nos confortam e ensinam. Acompanhando esses cinco amigos, conhecemos algumas de suas trajetórias encarnados: seus erros e acertos, alegrias e tristezas. Em certo ponto, eles reencarnam com planos de reparar erros com o bem realizado e de aprender para agilizar a caminhada rumo ao progresso. Será que conseguiram? Você terá de ler para saber. E agradecerá no final pelos conhecimentos adquiridos e pelas interessantes histórias!"

editora

boanova@boanova.net
www.boanova.net | 17 3531.4444

VIOLETAS
DE PATRÍCIA

VERA LÚCIA MARINZECK
DE CARVALHO

Ditado pelo Espírito PATRÍCIA

Mensagens | 10 x 15 cm | 160 páginas

"Para você – De Patrícia

Este livro é pequeno somente no tamanho, mas grande no conteúdo. É uma coletânea de frases dos quatro livros escritos pela Patrícia: Violetas na janela, Vivendo no mundo dos espíritos, A casa do escritor e O voo da gaivota. Verdadeiras pérolas literárias que enfeitam e perfumam nossa vida, além de alegrar nossa alma. Que gostoso lê-las! De fato, é um presente para nós."

boanova@boanova.net
www.boanova.net | 17 3531.4444

Levamos o livro espírita cada vez mais longe!

📍 Av. Porto Ferreira, 1031 | Parque Iracema
CEP 15809-020 | Catanduva-SP

🌐 www.**petit**.com.br
www.**boanova**.net

✉ petit@petit.com.br
boanova@boanova.net

📞 17 3531.4444

💬 17 99257.5523

Siga-nos em nossas redes sociais.

f 📷 @boanovaed

🎵 ▶ boanovaeditora

CURTA, COMENTE, COMPARTILHE E SALVE.

utilize #boanovaeditora

Acesse nossa loja

Fale pelo whatsapp